Gran Angular

Juan Madrid

Cuartos oscuros

ediciones SM Joaquín Turina 39   28044 Madrid

Colección dirigida por **Jesús Larriba**

Primera edición (cartoné): noviembre 1993
Segunda edición (cartoné): diciembre 1993
Tercera edición: junio 1994
Cuarta edición: enero 1995
Quinta edición: octubre 1995

Diseño de cubierta: *Estudio SM*

© Juan Madrid, 1993
© Ediciones SM, 1993
  Joaquín Turina, 39 - 28044 Madrid

Comercializa: CESMA, SA - Aguacate, 43 - 28044 Madrid

ISBN: 84-348-4768-X
Depósito legal: M-32326-1995
Fotocomposición: Grafilia, SL
Impreso en España/Printed in Spain
Imprenta SM - Joaquín Turina, 39 - 28044 Madrid

No está permitida la reproducción total o parcial de este libro, ni su tratamiento informático, ni la transmisión de ninguna forma o por cualquier medio, ya sea electrónico, mecánico, por fotocopia, por registro u otros métodos, sin el permiso previo y por escrito de los titulares del *copyright*.

Como un prólogo

HAY un recuerdo clavado en mi memoria. Tengo cuatro años, estoy en la cama y mi padre me cuenta el cuento de una ardilla viajera. Después, al transcurrir los años, mi hermano Carlos y yo escucharíamos de mi padre infinidad de historias, a cuál más maravillosa.

Pero aquélla, la primera de la que tengo recuerdo, no la olvidaré jamás.

Había una historia, sobre todo, que nos gustaba mucho: *Las aventuras de Juan Perico*. Entonces mi hermano Carlos tenía once años y yo casi trece. Juan Perico era un muchacho huérfano que trabajaba en un circo pobre que deambulaba por ahí. Le ocurrían multitud de aventuras, y nos mantenía tan en vilo que casi no pensábamos en otra cosa que en volver a sentarnos y escuchar la continuación.

Ahora que soy mi propio padre desde hace mucho tiempo, aún pienso en aquellos cuentos de mi padre y en su habilidad para transmitirlos. Él me enseñó la pasión de leer, de saber, y me mostró la magia antigua del narrador de historias. Me gustaría poseer la mitad de su talento para fascinar al lector. Si tengo alguna habilidad en este oficio se la debo a él.

Con frecuencia, los escritores olvidamos un principio fundamental en la literatura: una historia debe subyugar al lector de forma que no pueda dejarla. Tal como hacíamos al escuchar a mi padre, el lector debe caer cautivado ante lo que se le narra. Conseguido esto, lo demás son regalos.

Cuartos oscuros es un homenaje a la memoria de mi padre, Juan Madrid, a su dedicación a nosotros y a lo que nos enseñó día a día sin darse mayor importancia.

Si logro interesar con las aventuras de Tomás habré cumplido con mi oficio y con la memoria de mi padre.

Uno no es más, ni tampoco menos, que un contador de historias.

Y ahí va la mía.

JUAN MADRID

1

*L*OS presos se encorvaban sobre los platos de comida en el comedor de la prisión. El ruido de sus bocas recordaba el chapoteo de chancletas de goma en el suelo mojado.

Durán removió la sopa. La grasa flotaba sin diluirse. Era una especie de sémola gris, parecida a la masilla de fontanero.

Chito levantó la cabeza del plato, seis o siete mesas más adelante, y sonrió a Durán.

Riquelme y Estévez, los funcionarios del turno de noche, hablaban de sus cosas. En la prisión llamaban a Riquelme el Pío-Pío por su manía de hablar.

—¡Eh, Riquelme! —lo llamó Durán—. Hoy toca banquete, ¡eh! ¿Cuánto habéis choriceado del presupuesto esta vez?

Riquelme se acercó despacio.

—Vaya, ¿haciéndote el gracioso, Durán?

—¿Te has comprado ya el coche? ¿O te vas a decidir por un abrigo de pieles para tu señora? Deja que lo piense. Si yo fuera tú me compraría un coche. Tu mujer no se merece un abrigo de pieles.

—Estás muy chistoso hoy, Durán. ¿Quieres que me ría?
—¿Con quién lo repartes, con ése? —señaló a Estévez—. Si seguís sisando del presupuesto, vamos a tener que comer virutas.
—Eres un payaso, Durán.
Durán se encogió de hombros.
—Os habéis forrado. ¿Cuánto habéis pillado cada uno? Estoy seguro de que trincáis a modo del presupuesto del rancho. Pero a lo mejor lo tenéis que repartir con los del otro turno.
Riquelme llamó a su compañero.
—¡Eh, ven un momento! ¿Sabes lo que dice este listo? Que robamos del presupuesto.
—El ladrón cree que todos son de su condición —dijo Estévez—. No le hagas caso. Está aburrido.
—Aquí debe de meter el cazo todo el mundo, porque la comida es cada vez peor.
—Oye, un momento. Aquí se cumple el reglamento a rajatabla. Si vuelves a faltar al respeto hago un parte. Ya estás enterado.
—Oye, tío. No es la comida de un hotel de cinco estrellas, pero se puede comer —añadió Estévez.
—¿Sí? ¿Estáis seguros?
Durán metió la cuchara en el líquido viscoso. Se la llevó a la boca. Procuró no saborearla, que la lengua no se diera cuenta.
Riquelme continuó:
—¿Ves como está buena? ¿Qué es lo que quieres? ¿Caviar? A ti lo que te pasa es que eres un señorito. Eso es lo que te pasa. Pero ya se te bajarán los humos, ya. Mira a los demás cómo les gusta. ¿Lo ves?

Durán se puso en pie con los carrillos hinchados de sopa y la escupió en el suelo, a los pies de los funcionarios.
—¡Esto es una mierda! ¡No hay quien se lo coma!
—¿Qué haces, Durán, tío? ¿Te has vuelto majara?
Estévez se acercó.
—No empieces, Durán, que te conozco. Siéntate o te meto un paquete. Te lo digo por última vez.
—¡Esto es mierda pura! ¡Me estáis envenenando!
El vozarrón de Chito:
—¡Dadnos de comer, desgraciados! ¡Esto es una guarrería! ¡Ni los perros se lo comerían!
Durán tiró la bandeja al suelo. Algunos presos se volvieron y observaron la escena, divertidos.
Chito había empezado a arrojar sopa con la cuchara a sus compañeros de mesa. Se armó un alboroto. Un buen número de internos secundaron a Chito y a Durán. El resto comenzó a golpear las bandejas con las cucharas. El estruendo era ensordecedor.
Jacinto, *el Loco*, se subió a la mesa.
—¡El Rey lo sabe ya y me ha contestado! —gritó—: ¡El Rey está de mi parte, la habéis cagado, boquerones! ¡Españoles todos, malagueños..., esta Imperial ciudad...!
Alguien le empujó, y cayó sobre una fila de hombres que fueron a parar al suelo. Hubo risas y maldiciones.
Riquelme chilló:
—¡Silencio! ¡Todo el mundo a su sitio!
Estévez se acercó al botón de la sirena. Si la hacía sonar, las puertas se cerrarían automáticamente y la Guardia Civil de rastrillos acudiría en menos de tres minutos.
Durán pensó: «¡Ahora!».
La patada le alcanzó a Estévez en el estómago. Gimió

de dolor, los ojos abiertos de par en par por la sorpresa, y se dobló sobre sí mismo. Durán le agarró del pelo y le chocó varias veces la cabeza contra la pared y le tiró al suelo como un muñeco inerme.

Riquelme corrió hacia la puerta. Durán le alcanzó. Era consciente de que había traspasado una barrera que no podía controlar. Una furia ciega le invadió.

Riquelme retrocedió, aterrorizado.

—¡Estás loco! ¿Qué estás haciendo? ¡Motín, motín! ¡Socorro! —gritó.

Durán le tapó la boca.

—¿No me dices nada ahora de la comida, Riquelme?

Los ojos de Riquelme se velaron de espanto, de miedo ciego.

—Dame la llave de cocinas, rápido.

Riquelme negó con la cabeza.

—La llave o te mato, cerdo.

Durán le golpeó con el puño en la sien. Con fuerza. Una y otra vez. Riquelme cayó al suelo sin conocimiento. Durán le arrancó las llaves del cinturón y corrió hacia la puerta que comunicaba con la cocina.

—¡Chito, Chito! —llamó mientras corría—. ¡Chito! ¿Dónde estás?

El comedor se había convertido en un infierno de chillidos, risas y gritos. Los internos se arrojaban comida. Tiraban las mesas, que servían de parapetos. Chito no estaba por ninguna parte.

Durán gritó por última vez:

—¡Chito!

Llegó a la puerta y metió la llave. No se abría. Habían cerrado la puerta desde el otro lado.

—¡Portugués! —gritó—. ¡Abre, Portugués! ¡Soy yo, Durán! ¿Por qué has cerrado? ¡Abre!

Nadie respondió. El sudor comenzó a manarle de la frente. Sacudió los barrotes.

—¡Portugués, maldita sea, soy yo, Portugués!

La voz del Portugués surgió de la oscuridad.

—¿Durán?

—Sí, soy yo, abre. Abre de una vez.

Detrás, en el comedor, el ruido era cada vez más intenso. Más incontrolado. Los presos se habían arremolinado alrededor de los funcionarios e intentaban lincharlos. Chito le pateaba la cabeza a Riquelme, que lloraba y suplicaba.

Zaldívar, *el Portugués*, habló desde el otro lado de la puerta.

—Eh, Durán, así no era como lo habíamos pensado. Se están cargando a los boquis. Es mejor que deje la puerta cerrada.

—Portugués, van a llegar los picoletos de un momento a otro. Abre o te juro que no descansaré hasta matarte, te lo juro.

—¿Y Chito dónde está? No puedo abrirle luego a él.

—Chito está muy entretenido matando a los boquerones. Si aprecias tu vida, mete la llave en la cerradura y abre.

Durán alargó la mano por entre las rejas. La mano se perdió en el vacío. Volvió a gritar:

—¡Portugués, abre!

La sirena de la prisión comenzó a sonar. Era un sonido cortante, hiriente. En ese momento se abrió la puerta de la cocina, y Durán se abalanzó dentro y la volvió a cerrar.

Los cocineros y los pinches se habían situado en uno de los rincones. Zaldívar, *el Portugués*, era pequeño, renegrido y llevaba un paquete envuelto en papel de estraza.

—¡No era así, Durán, no era así!... Yo, escucha..., yo no me voy así, no puedo. Están matando a los boquis.

Durán le arrebató el paquete. Sacó un pantalón y una camisa que imitaban el uniforme de los funcionarios. Se quitó su ropa y se puso la otra.

La sirena seguía aullando. Durán se arregló el cuello de la camisa y la corbata y respiró hondo. Al abrirse la puerta, al entrar la Guardia Civil, él sería un boquerón.

2

TOMÁS había leído la carta de su padre tantas veces que se la sabía de memoria. La letra era picuda, nerviosa, y los renglones parejos. No había una palabra de más ni una de menos. En el sobre, el matasellos, medio borrado por el sudor de sus manos, ponía: Prisión Provincial. Málaga. Salida. 20/Febrero/92.

Metió el papel en el sobre y se guardó la carta en el bolsillo de la camisa. Desde el pequeño balcón, los tejados de las casas, la calle y el aire espeso de la tarde formaban una masa compacta. El ruido de las motos y los coches en la lejanía y las voces de la gente llegaban hasta él como el rumor constante de una catarata.

Desde el balcón, la gente perdía sus rasgos. Se convertían en figuritas que se afanaban yendo y viniendo como moscas en un plato. Los coches eran juguetes manejables.

Le gustaba asomarse al balcón al atardecer y mirar la vida desde arriba. Le daba la sensación de estar fuera, de no participar en nada y, sin embargo, verlo todo. Desde lo alto, él se creía grande, ajeno. Como un emperador que dominase el mundo.

Soñaba con volar. Pensaba que podía tirarse del balcón

y elevarse entre los tejados. Viajar y viajar a donde quisiera. Libre como un pájaro. En sus sueños se perdía por países lejanos. Atravesaba bosques intrincados. Imperios perdidos en la selva, ciudades remotas. Desde el cielo, los barcos surcaban los mares rumbo a batallas legendarias.

Otras veces era testigo de feroces combates corsarios cuerpo a cuerpo. Podía escuchar los gritos de los heridos, los gemidos de los moribundos y sentir el acre olor a pólvora. También le gustaban las interminables guerras medievales que ensangrentaban países enteros y arrasaban fortalezas. Los asaltos de indios delgados y feroces contra fuertes de la caballería, situados en desiertos inhóspitos. Los interminables tiroteos entre pistoleros, los exploradores que se hundían en arenas movedizas... Todo lo podía ver desde el balcón. Lo único que tenía que hacer era recordar el libro que acababa de leer y asomarse al balcón. Cuando quería, podía viajar por encima de puentes, rascacielos, playas exóticas y selvas..., donde quisiera.

Carmen empujó la puerta del dormitorio y sacó a Tomás de sus ensoñaciones.

—¿Estás ahí, Tomás? —preguntó.

Tomás se sobresaltó. Apretó la carta en el bolsillo.

—¿Estás ahí? —repitió.

La voz de su madre era ronca, ansiosa.

—Sí, mamá. Estoy aquí —contestó.

—Menos mal, no me gusta llegar a casa y no encontrarte. ¿Qué haces en el balcón? Ya es tarde, te vas a enfriar.

—No hace frío, mamá.

Le besó. El aliento le hedía a ginebra.

—Mi niño guapo. No sabes cómo te he echado de menos. Anda, ven a mi lado y cuéntame algo.

Se sentó en la cama. Tomás siguió sin volverse.

Antes recordaba a su madre hermosa. Ahora se desmoronaba. Tenía la cara hinchada, párpados abultados, la sonrisa torcida de fingir alegría, las manos agrietadas y rojas y el cabello despeinado.

—Prefiero estar aquí, mamá.

—¿Sabes lo que me ha dicho la señora de la calle Martínez Campos, ésa tan estirada? Bueno, pues me ha dicho que limpie los cristales con papel de periódico, la muy tacaña. Esa gente es todo puedo y no quiero. Para mí que están arruinados. Deben hasta en la tintorería. Oye, voy a salir a la tienda. Tengo que comprar la cena... ¿Sabes lo que podemos hacer hoy?

Tomás sabía lo que le iba a proponer. Siempre era lo mismo.

—No, no lo sé.

—Compraré un poquito de queso, galletitas saladas y nos ponemos los dos a ver una película en la tele. Bueno, o un vídeo. Lo que tú quieras.

Silencio. La madre añadió:

—Entonces, bajaré a la tienda y lo compraré todo.

—Acuérdate de la ginebra, mamá. Que no se te olvide. Si no hay ginebra vas a estar nerviosa.

—Oye, trabajo como una mula, ¿te enteras? Me paso el día limpiándoles la mierda a los ricos, y encima te metes conmigo. No me gusta ese retintín; de reírte de mí, nada, ¿vale?

—No me río de ti, mamá, perdona.

—Te doy vergüenza, ¿verdad? ¿Es que no puedo tomarme una copita? Tengo la tensión baja, para que te enteres.

La mano caliente de la madre se posó en su hombro.

—Lo hago todo por ti, Tomás. Me mato a limpiar mierda por ti, para que estudies, para que el día de mañana seas un hombre de provecho.

—Quiero trabajar, mamá. Ya lo sabes. Quiero estudiar y trabajar. Mucha gente lo hace.

—No empecemos otra vez. Tú no vales para eso... Tú a estudiar, que es lo que tienes que hacer. Y si me da la gana me tomo una copa y ya está.

—Perdona, mamá... Sólo te he dicho que no se te olvide la ginebra, nada más. No sé por qué te pones así —Tomás se dio la vuelta—. No me gusta recogerte cuando te duermes en el sofá. Te tengo que acostar y... y... bueno, pesas mucho.

Su madre le besó otra vez y salió del dormitorio. Tomás oyó sus pasos perderse por el pasillo. Abrió el armario y sacó el macuto.

Cuando escuchó cerrarse la puerta de la calle, se cargó el macuto y echó un vistazo al cuarto. Sería la última vez que lo viese.

Su padre le estaba esperando.

3

*L*A discoteca se llamaba Paroles y se encontraba en el barrio del Limonar, la zona elegante de Málaga. Era grande y oscura y tenía tres pistas, zonas de mesas y sillas y dos barras con taburetes. Estaba dotada con rayos láser y luces que se encendían y apagaban. La música que sonaba era *bakalao*.

Dos de las pistas estaban vacías. En la tercera se movían indolentemente unos cuantos chicos y chicas.

Mientras bailaba, Clara observó la hora en su reloj de pulsera y le dijo a Jorge:

—Oye, se está haciendo tarde y tenemos que ir a Almería. ¿A qué esperamos?

Jorge contestó: «¡Puff!», y continuó bailando.

—¡Eh, eh! ¿Me has oído? Te he dicho que se hace tarde.

—Vamos otro día, ¿vale, tía? Me estoy enrollando cantidad con la música. Estoy flotando.

—¿Otro día? Pero habíamos quedado hoy, ya tengo el equipaje. El ferry sale a las siete y media y desde aquí tenemos lo menos tres horas de viaje a Almería.

—Marruecos va a seguir en el mismo sitio, tía. No pares de bailar, ¡jauuu!

Clara dejó de bailar.

—Hemos quedado esta noche. Tengo el equipaje. Ahora no puedo volver a mi casa... Me has estado engañando, ¿verdad? Eres un imbécil.

—¡Eh, un momento! No insultes, tía, ¿vale? Lo estamos pasando muy bien ahora, ¿no? Mañana ya hablaremos, hoy es hoy.

—Me dijiste que me llevarías esta noche. Quiero subirme en el barco que sale de Almería a las siete y media.

—Pero lo estamos pasando muy bien. Venga, no te pares. ¡Yuuujuu! ¡Yujuuuu!

Las luces del techo iluminaban caras, trozos de brazos y pies. Cada uno bailaba para sí mismo, ajenos los unos a los otros. Los camareros se movían entre las mesas oscuras como ciegos en un laberinto. Clara hizo un gesto de fastidio.

—¿A esto llamas tú pasarlo bien? Estoy hasta las narices de esta discoteca y de hacer lo mismo todas las noches. Siempre hacemos lo mismo.

—¿Y qué podemos hacer? Bailamos y... bueno, nos divertimos. ¿Qué tiene de malo? ¡Yaaajaa, yaaajaaa!

Clara se burló.

—¡Qué tiene de malo! Me aburro y estoy hasta las narices. Dime de una vez si me vas a llevar a Almería. ¿Sí o no?

—¿Nos tomamos una copa?

—Vete a la mierda. Tú lo arreglas todo con una copa.

—¿Pero qué te pasa? Ya empiezas con tus rarezas, tía. No fastidies. Deja de pensar en Marruecos. Ya iremos, pero otro día... Hoy estamos con nuestros amigos y lo pasamos bien.

—Pandilla de memos, eso es lo que sois. Y ya estoy hasta las narices de vosotros. Si no vamos esta noche, me iré yo solita.

—Oye, ¡qué manía te ha entrado! ¿Es que no podemos ir mañana? Nos vamos mañana, te lo juro.

—Nos vamos hoy o me voy yo por mi cuenta.

—Me vas a contagiar el muermo, tía. De verdad, eres peor que la lepra.

Uno de los que bailaba alzó la mano y los saludó. Jorge le devolvió el saludo. El otro continuó contoneándose frente a su pareja, una rubia de aspecto borroso.

Las cuatro o cinco parejas de la pista parecían todas iguales. Las chicas llevaban pantalones muy cortos, de marca, o faldas de modistos exclusivos y se movían con languidez estudiada. Los chicos tenían el cabello cuidadosamente cortado y peinado con fijador, y pantalones estrechos.

—Oye, no te entiendo, de verdad. ¿Por qué no te diviertes como hacemos todos?

—Eres más tonto de lo que yo creía. Y déjame en paz.

Jorge dejó de bailar.

—Oye, no insultes o no respondo.

—¿Qué? ¿Qué vas a hacerme? ¿Me vas a pegar?

—No me conoces... cuando me enfado...

—Como me pongas las manos encima te la cargas, te lo juro. Llamarte a ti imbécil no es un insulto, es una definición.

—Por Dios, Clara, nosotros nos queremos. Eres mi chica. ¿Por qué tenemos que discutir?

Clara soltó una carcajada.

—¿Tu chica? No te lo crees ni borracho. Me das asco. Y olvídame, no eres mi chico ni nada parecido.

—¿Ahora con ésas? No sé por qué te pones así. Lo único que te he dicho es que lo estamos pasando muy bien, que no me apetece pirarme a Marruecos ahora.

—Nunca iré contigo. Me marcharé sola.

Jorge se rió.

—¿Sola? ¿Vas a marcharte sola? No te lo crees ni loca, con lo miedosa que eres.

—Te demostraré que puedo viajar sola.

Jorge bostezó. Los amigos que bailaban volvieron a saludarlo. Uno le dijo:

—¡Vamos, Jorge!

4

*L*A noche era espesa, negra, sin luna, y Durán se apoyó en la puerta de la casa y encendió un cigarrillo.

La casa era blanca, muy limpia. Tenía la puerta y las ventanas cerradas y pintadas de verde. Detrás, fuera de la vista, había un amplio patio. Delante, un pequeño porche emparrado. Era la única casa de esas características en la fila de edificaciones que franqueaban la Carretera Nacional 340, antes de la bifurcación a Nerja, a unos cincuenta kilómetros de Málaga. La casa parecía cerrada y abandonada.

Durán contempló las luces del pueblo pegadas al mar y diseminadas por las laderas de las montañas que cerraban la bahía. La Carretera Nacional 340 pasaba a unos metros de la puerta y día y noche la transitaban los grandes camiones, los autobuses y los turismos de todas clases.

El autobús de línea pasó casi rozando a Durán y se detuvo unos metros delante. Durán arrojó la colilla al suelo y la pisó concienzudamente. Un ligero estremecimiento le curvó los hombros mientras intentaba distinguir a los pasajeros que descendían del autobús.

Bajaron dos mujeres, un hombre joven con una gran

bolsa de deportes y el Tío Paquito, que vestía un anticuado traje estrecho. Era delgado, menudo, con la piel del rostro muy morena y arrugada.

Se acercó a Durán y le puso la mano en el hombro.

—¿Qué haces aquí? ¿Es que te has vuelto loco, Ricardo? Te pueden ver, hombre. Anda, entra en la casa.

—No ha venido, ¿verdad?

El Tío Paquito negó con la cabeza.

Una nube de pajarillos multicolores revoloteaban en el interior de la casa y recibieron al Tío Paquito con un agudo piar, como si lo reconocieran. En un rincón había una enorme jaula de mimbre trenzado. El Tío Paquito la abrió y les habló a los pájaros.

—Pajaritos, pajaritos... venid, venid... Vamos, es muy tarde para vosotros —se volvió a Durán—: ¿Te han molestado?

—No.

El Tío Paquito agitó la mano en dirección al techo. Dos periquitos se habían posado en la lámpara, los demás se distribuían entre los escasos muebles.

—¿Queréis que me enfade? Ya es hora de que volváis a vuestra casa. Venga.

—¿No hay más autobuses?

—Ése era el último.

—¿Has mirado bien?

—Sí.

Los pajarillos fueron entrando en la jaula. El Tío Paquito mantuvo la puerta abierta. Faltaba uno.

—Colorado... —llamó—. ¿Dónde estás? Mira, no me hagas enfadar... —a Durán—: ¿Se habrá escapado?

—¿Pero has estado en la estación?

—Sí, y no ha venido en ningún autobús. También he

mirado los trenes de Madrid. Tendremos que esperar a mañana. Mañana llegan dos trenes de Madrid, uno a las siete y media y otro a las ocho. Hay muchos autobuses durante todo el día. Lo mejor es que le esperemos aquí... Me parece que Colorado se ha escapado. Es el peor, Ricardo, a lo mejor no te has dado cuenta y se ha ido a la calle.

—¿Has mirado bien el tren?

—¿Quieres engañarme, Colorado? ¿Has visto lo buenos que son tus hermanos, eh? Hazme caso, mira que...

El último pajarillo revoloteó por la habitación.

—¡Ah, travieso, canalla! Jugando conmigo, ¿verdad?... Claro que he mirado en el tren... Yo de ti no me preocuparía. Tomás llegará mañana por la mañana... ¡Colorado, ven aquí!

El pajarillo se posó en el dedo del Tío Paquito, que le acarició la cabecita con delicadeza.

—¿Me has echado de menos, Colorado? ¿No me dices nada? Yo sí que te he echado de menos, pequeño. He pensado en ti todo el día.

—Deja de hablar con esos malditos pajarracos y dime de una vez qué ha pasado. Me estás poniendo nervioso.

El Tío Paquito metió en la jaula el último pajarillo y cerró la portezuela.

—Tomás sabe dónde está la casa y ya no es ningún niño.

—¿Y tú qué sabes? Estuvo aquí una vez. Una sola vez cuando tenía ocho años. ¿Y quieres que se acuerde? No vendrá. Sé que no vendrá. Además, hace mucho, muchísimo tiempo que no me ve, que no sabe nada de mí. ¿Por qué tendría que venir? Es absurdo. Se ha olvidado de mí, y no se lo reprocho.

—Sí vendrá. Lo sé.

—Vendrá, vendrá.... ¡No fastidies! ¿Qué sabes tú de él? El Tío Paquito se encogió de hombros.

—¿Y tú qué sabes de tu hijo? ¿Te acuerdas de su cara? Si le vieses ahora mismo estoy seguro de que ni le reconocerías.

—Le di instrucciones precisas en la carta. Le dije que estuviera hoy aquí, que era muy importante que no se retrasara.

—Ten paciencia. A lo mejor le ha ocurrido algo.

—¿Algo? ¿El qué?

—No sé, cualquier impedimento..., un imprevisto. ¿Todavía no has aprendido a tener un poco de paciencia?

—¿Paciencia? ¿Me dices a mí que tenga paciencia? ¿No son suficientes ocho años de paciencia? ¿Es que quieres que me quede aquí esperando a que me coja ese cerdo de Chaves?

—Cálmate. Tomás vendrá. Sé que vendrá.

—Seguro que su madre le ha predispuesto contra mí. Esa mosquita muerta.

—No creo que Carmen haya hecho eso, Ricardo. No lo creo. Y te lo digo en serio.

Durán, furioso:

—¡Tú no tienes ni idea de nada! ¡Hablas por hablar!

El Tío Paquito les lanzó a los pajarillos un beso con la palma de la mano y cubrió la jaula con un lienzo negro.

—Buenas noches —les dijo. Se dirigió a Durán—: Conozco a Carmen. Es incapaz de hacer eso.

—¿Y qué? La gente cambia, todos cambiamos. Aunque, en el fondo, no se lo reprocharía a Carmen: como padre he dejado mucho que desear. Pero con Tomás o sin él, me largaré en cuanto el dinero esté en el banco. No le esperaré un minuto más de la cuenta.

5

EL restaurante de carretera estaba vacío. Al fondo, un televisor retransmitía la liga de baloncesto americana y dos camareros miraban la tele y cenaban. Salcedo terminó una ración de callos y sorbió un buche de vino. Era gordo y olía demasiado a colonia

—Me gusta que los chicos seáis educados. Pero déjame que te invite a cenar.

—Gracias. Ya le he dicho que no tengo hambre —contestó Tomás.

—Chaval, tienes que comer. Por lo menos un bocadillo, algo. Pídeme lo que quieras. No lo hagas por dinero. ¿Quieres un pinchito? ¿Una ración de patatas fritas?

—No, nada. Muchas gracias.

—Cuando yo tenía tu edad siempre andaba comiendo. Los chicos de hoy en día no coméis nada. Mis hijos, por ejemplo, sólo comen hamburguesas. Pero, claro, no dan ni golpe. Tú, en cambio, pareces un chico serio. Seguro que hasta eres buen estudiante y todo. Hoy en día los jóvenes sois bastante bastos, no tenéis educación. Y la culpa es que en las familias no hay orden. Tú pareces muy serio. Y eres guapo, bastante guapo.

—Soy corriente.

—Tienes educación, te lo digo yo. No fumas, no bebes y eres... bueno, agraciado..., fuerte diría yo. De muy pocos chicos de tu edad se puede decir lo mismo. La mayor parte de los muchachos como tú son vulgares, insensibles. ¿A ti qué te gusta hacer? Por ejemplo, jugar al fútbol, al baloncesto...

—Me gusta leer.

—Eso está muy bien, sí señor. La mar de bien. Yo antes, de chavalete, pues también me gustaba leer. Pero ahora... El trabajo es que me tiene loco.

Salcedo le puso a Tomás la mano en el muslo. Fue una sensación quemante y húmeda a la vez. Tomás se contrajo.

—Me he traído los libros que más me gustan. Los llevo en el macuto... *La isla del tesoro, El último mohicano, La línea de sombras...*, varios de London...

—¿Otro refresquito?

—No, gracias.

—Je, je, je, he visto a muchos chicos como tú, con macuto, en la carretera. Pero no he querido montar a nadie. Te he elegido a ti porque, claro, nunca se sabe. Hay mucho golfo, mucho drogadicto. ¿Tú te drogas, chaval? ¿Algún porrito de vez en cuando?

La sonrisa se volvió babosa en la boca de Salcedo. La mano en el muslo le pesaba a Tomás cada vez más.

—No, señor. Nunca me han apetecido los porros. Aunque en mi barrio...

—Hay mucha droga, ¿verdad, chaval? Pero es lo que yo digo: no es lo mismo que un mangante cualquiera se fume un porro, pongamos por caso, y una persona que sabe de lo que va la cosa, ¿no? Si eres... bueno, digamos que simpático conmigo, te llevaré hasta Málaga, aunque me desvíe de mi camino. ¿Comprendes? A mí me gusta hacer favores, ayudar a la gente. Pero, claro, también tú me tienes que hacer un favor. No sé si me explico.

—No hace falta que me lleve usted hasta Málaga. Usted me puede dejar donde quiera, yo puedo seguir. Seguro que me cogerá un camión. Los camioneros cogen bastante.

Salcedo se pegó a él. Los dedos le apretaron aún más el muslo. Le susurró al oído:

—Buscamos un buen hotel y descansamos, ¿eh, vale? Un hotel de lujo con una bañera muy grande. Y luego, mañana por la mañanita, te llevaré a Málaga.

—No, no, no... Yo me quedo aquí y hago dedo, de verdad.

—Es muy de noche, chaval. No puedo dejarte tirado en la carretera. No puedo hacer eso. Estamos para ayudarnos los unos a los otros. Vamos, digo yo.

—Mire, estoy acostumbrado a hacer dedo. Por aquí pasan muchos camiones. Usted siga su camino, que ya me cogerá alguien. Puedo quedarme aquí en el restaurante.

—Es de noche. ¿Te vas a quedar aquí solo? Venga, chaval, venga... No seas tonto, ¿eh? En la habitación podemos fumar un porrito... para entonarnos. Y pedimos de comer y de beber.

—No me gustan los hoteles de lujo. Además, tengo que estar mañana en Málaga. Mejor dicho, tendría que estar ya allí, me están esperando —Tomás titubeó. Le señaló la mano que continuaba sobre el muslo—. Oiga, ¿le importaría?

Salcedo apartó la mano y se echó a reír. Tomás se puso en pie.

—Je, je, je, eres espabilado, ¿verdad? Así me gusta, estoy seguro de que nos entenderemos. Tú quieres pasta, ¿a que sí? Un dinerillo de vez en cuando no viene mal, ¿eh, chavalete?

—Perdone, pero me tengo que marchar. Muchas gracias por todo.

Salcedo se levantó bruscamente. El plato con las sobras de callos voló de la mesa y chocó contra el suelo. Los restos del plato le mancharon la pernera del pantalón. Los camareros se dieron la vuelta.

—¡Mira lo que has hecho!

—Oiga, yo no he sido. Ha sido usted.

Tomás cogió el macuto y se lo colocó en la espalda.

—Encima que te cojo en la carretera, te traigo hasta aquí y te invito a un refresco, te vas, ¿no? Pues yo no soy un primo. Me pagas el refresco y la parte de la gasolina. Son dos mil pelas —alargó la mano—. Venga, apoquina.

—Oiga, usted me dijo que me traería... y que me iba a invitar. Yo no le he pedido nada...

Los camareros seguían mirando.

—... yo no tengo dinero.

Salcedo gritó fuerte:

—¡Me debes dos mil pesetas, ladrón, sinvergüenza!

Los camareros se pusieron en pie. Uno era viejo, de pelo cano y corto. El otro, joven, de largas patillas.

Tomás salió corriendo del restaurante y atravesó el aparcamiento. Las luces de neón de la fachada iluminaban apenas unos metros. Más allá se encontraba la oscuridad y la cinta de la carretera.

El macuto le dificultaba la carrera. Trató de apretárselo

más a la espalda. Detrás lo perseguían voces y pasos. El ruido de un motor. Se volvió.

Salcedo trataba de alcanzarle en el coche. Le gritó desde la ventanilla:

—¡Espera, chaval, vamos a hablar! ¿Dónde vas? ¡Espera! ¡Quiero hablar contigo!

Los camareros venían detrás. El joven blandía un bate de béisbol.

Tomás continuó corriendo. Las zapatillas de deporte golpeaban el asfalto oscuro. Había alambradas, imposible saltar al campo.

El Mercedes se puso delante y frenó, interceptando el camino. Salcedo abrió la puerta y salió fuera. Estaba excitado. Parecía jadear.

Los camareros avanzaban por la carretera a paso rápido. Salcedo le dijo:

—No te vayas, espera, deja... déjame que te hable. Te daré dinero, ¿eh?, ¿qué te parece? Te daré cinco mil pesetas. ¿Qué dices?

—Olvídeme, oiga, que no es mi santo. Deje que me marche.

Salcedo le impidió el paso.

—Te daré... te daré quince mil... sí, quince mil pesetitas. Eso es un pastón, chaval. Con quince papeles se pueden hacer muchas cosas. ¿Qué, te gusta?

—No quiero dinero, a la mierda.

Salcedo le intentó agarrar, pero estaba demasiado gordo. Tomás le empujó y echó a correr. El camarero viejo se agachó, cogió una piedra y se la tiró a Tomás. El otro empezó a golpear la carretera con el bate.

El camarero del bate:

—¡Espera un momento, ladrón!

La piedra silbó sobre la oreja de Tomás y se perdió delante. Escuchó los jadeos de los dos camareros corriendo detrás de él y el ruido de sus zapatos en la carretera.

El Mercedes se puso en marcha. Salcedo otra vez:

—¡Cogedlo, es un ladrón!

Las luces de un camión deslumbraron a Tomás. Enfrente había un agujero en la valla metálica. Cruzó la carretera cuando el Mercedes se había vuelto a poner delante. El camión se le vino encima como un enorme edificio rodante, silueteado en la noche. Tomás levantó el brazo y le hizo señas para que parase.

El conductor tocó la bocina y sorteó al Mercedes. La corriente de aire que desplazaba casi hizo caer a Tomás. Se tiró a un lado, al agujero de alambre. Segundos después, el camión era una mancha negra en la carretera.

Tomás pisó la tierra. No veía lo que había delante. ¿Árboles? ¿Montículos? El Mercedes lo señaló con sus faros. Una mueca de miedo desdibujó su boca. Más allá estaba la oscuridad.

La voz de Salcedo:

—¡Eh! ¿Vas a ir a Málaga andando? ¿No vas a tener miedo? ¡Ven, todavía estás a tiempo! ¡Te perdono!

El camarero joven:

—¡Chorizo, ven aquí! ¡Ven, anda!

Salcedo, el gordo, en la lejanía:

—¡Golfo, muerto de hambre!

Tomás saltó una zanja y se metió entre unos matorrales. Sus pies se hundieron en barro. Echó a correr hacia la negrura de los olivos que divisaba en lo alto de la loma. Tropezó con algo. Cayó de rodillas.

Salcedo continuaba gritándole, pero la voz apenas llegaba hasta él. Se levantó. Siguió corriendo hacia la loma. Cuando se cansó, se detuvo. Volvió la cabeza. La carretera estaba vacía. El Mercedes había desaparecido.

Se sentó en la tierra. Respiró con fuerza. La respiración se fue acompasando. Tuvo escalofríos, y el miedo y las lágrimas se le juntaron en los ojos. Se acurrucó sobre sí mismo, rodeado de oscuridad.

Un viento suave le acarició el rostro y movió las ramas de los árboles próximos, pero a él le parecieron largos brazos que se tendían hacía él para estrangularlo. Se puso en pie y echó a correr monte abajo.

Continuó corriendo por la carretera solitaria, despavorido. Se detuvo junto a un farol y se sentó. Excepto los círculos de luz que formaban los distantes faroles, todo era negrura.

6

*C*HAVES era el jefe del Grupo de la Policía Judicial de la Comisaría de Málaga. Era alto, delgado, y le gustaba demasiado llevar gafas negras. Cuando sonreía parecía descorrer una cortina.

Estaba sentado al lado del comisario Medina, en el sofá.

—He excluido a los testigos del juicio, no creo que Durán sea tan tonto como para haberse reunido con cualquiera de ellos. He hecho una lista de...

El comisario Medina le interrumpió.

—A los del juicio también me los miras.

—Vale. La lista es de aúpa, ese tío tenía cantidad de amigos y de relaciones. Pero el cómplice tiene que ser alguien de mucha confianza, un amigo antiguo. Y un tío listo. Pero un coche rápido puede haber metido a Durán en Portugal. O un barco haberle llevado a Marruecos.

Medina se quedó pensativo. Era bajito, pero sus anchos hombros y su gran cabeza le hacían parecer aún más bajo.

—Primero vamos a por el cómplice... Tiene que haber sido alguien de mucha confianza, muy listo. Muy capaz. ¿A cuántos tíos has puesto a currar?

—Tres y yo, cuatro.

—Pon también a gente de la Básica, que se vayan espabilando. Los llevas sin uniforme. No quiero ver a nadie ganduleando en la comisaría, ¿estamos? Y en cuanto sepas algo me llamas o te pasas por aquí.

Llamaron a la puerta y Gómez, un policía uniformado con un diente de oro, se cuadró.

—¿Da su permiso, comisario?

—Entra, hombre. ¿Lo has conseguido?

Gómez sacó un cuadernito del bolsillo del uniforme.

—Sí, comisario, y es un poco raro.

—¿Qué es raro? Aclárate, hombre.

—Verá, en todos esos años que se tiró en el trullo..., perdón, en la cárcel, sólo escribió una carta.

—¿Sólo una? ¿Durante ocho años sólo escribió una carta?

—Eso parece, comisario. Por lo menos sólo hay una carta en los registros —Gómez consultó el cuadernito—. La envió el 20 de febrero.

Medina apoyó los brazos en la mesa y adelantó el cuerpo.

—¿A quién se la envió?

—No sabemos. A un tal Tomás Cordón, que vive en... Avenida Daroca, 129, 3.º izquierda. Eso cae por Vallecas, comisario. Lo sé porque mi hermano Lucas vive por allí.

—Tú sabes mucho de Durán, Chaves. ¿Te suena ese nombre?

Chaves negó con la cabeza. Medina continuó.

—De modo que Durán tiene un amigo. Era raro que no tuviera amigos, ¿verdad? Todos tenemos amigos. Es imposible no tener amigos. Se puede vivir sin familia, pero no sin amigos. ¿Tú qué crees?

Gómez, asombrado:

—¿Yo, comisario?

—Sí, tú. ¿Crees que se puede vivir sin amigos?

—Yo tengo bastantes amigos.

—Eso es, claro que sí. Durán tendría alguno. Al menos uno. El cómplice que le está escondiendo, que le ha ayudado a fugarse. Llama a Menéndez, a Madrid, a la Brigada de Seguridad Ciudadana, y que hable con la mujer de Durán. Y date prisa, hombre.

Gómez salió del despacho. Medina se levantó del sillón y se situó frente a la foto ampliada de Durán que había clavado en la pared.

Durán tenía el rostro serio, enérgico, y parecía tranquilo y distante en la fotografía.

Medina dijo, de pronto:

—¿Por qué Sandoval ha ofrecido una recompensa de diez millones de pesetas por la cabeza de Durán?

Chaves se incorporó en el sofá.

—Oye, ¿quién te ha dicho eso? No lo sabía.

Medina se palpó la barba que le picaba en el rostro. Tenía la ropa arrugada y deformada, después de casi cuarenta y ocho horas sin cambiarse.

—Sí, diez millones de pesetas de recompensa por matar a Durán. Todos los chorizos de Málaga andan movilizados. ¿Qué sabes tú de eso?

—Oye, ni idea. ¿Pero tú cómo lo has sabido?

—Aún me quedan confites, Chaves. Y si es así, vamos a tener que hacerle una visita a Sandoval. Nunca me ha caído bien ese tío, ya ves. Sandoval me da mala espina.

—Bueno, suponiendo que sea verdad eso de la recompensa. No creo que Sandoval tenga interés en matar a Durán. Te has leído el expediente de Durán, ¿verdad? Él se responsabilizó de todo, Sandoval salió absuelto.

—Por supuesto, pero hay algunas cosas un poco raras en Sandoval.

—Cosas raras hay en todas las familias. Sandoval es muy rico, pero también muy agarrado. No le veo ofreciendo diez kilos para que se carguen a Durán. Diez kilos son muchos kilos.

—Eso es lo que quiero que averigües.

7

*L*A calle Larios de Málaga es la arteria principal de la ciudad. Por el día es animada y bulliciosa, llena de gente que pasea y mira los escaparates de las tiendas elegantes.

Durante la noche es un lugar silencioso y tranquilo. Chaves aparcó el coche policial en doble fila y se encaminó a la Cafetería Pastelería Lepanto, que estaba cerrada. En el portal de al lado, una placa de bronce anunciaba que Sandoval y asociados, consulting ocupaba las plantas tercera, cuarta y quinta. Chaves abrió el portal con su llave y tomó el ascensor. Descendió en la última planta y caminó por la enorme oficina vacía. Se arregló el cabello con los dedos y se detuvo en un largo pasillo, flanqueado de puertas.

Un vigilante armado permanecía firme ante un despacho en el que ponía «Dirección».

El vigilante lo reconoció. Le abrió la puerta.

—Buenas noches, inspector —le dijo.

El despacho era más grande que una casa mediana. Aun en penumbra parecía lujoso y sobrio, decorado para imponer respeto. Sentada en un sillón de cuero balanceaba las piernas una mujer joven, demasiado morena y demasiado pintada.

Sandoval hablaba por teléfono, sentado en su sillón, ante la imponente mesa de madera labrada. Llevaba un impecable traje azul. El cabello abundante, blanco, le confería el aspecto de un patricio.

Chaves saludó a la mujer.

—Hola, Martita.

La mujer contestó con un encogimiento de boca. Chaves se dirigió al ventanal. Descorrió la pesada cortina. En la calle Larios, en Málaga, un grupo de jóvenes pasó junto al coche policial, rompiendo el silencio de la noche con sus carcajadas.

Sandoval, al teléfono:

—¡Me da igual! ¡Tienes que encontrarla! ¡Mi hija tiene que estar en su casa dentro de una hora! ¿Me has entendido?

Llamaron a la puerta. Sandoval apartó el teléfono, rojo de ira.

—¿Qué pasa ahora? ¡He dicho que no me molestéis!

El vigilante titubeó en la puerta.

—Señor Sandoval, su coche está preparado.

—¡Que espere!

Se dirigió a Chaves:

—¿A qué has venido?

—Termina, luego te lo diré.

Chaves sonrió a Marta.

—Cada día más guapa. ¿Cómo estás?

—Así, así —contestó la mujer, que colocó los pies en el suelo y se estiró la minifalda.

Sandoval continuó al teléfono.

—¿Qué es lo que ocurre, Moreno? ¿Es que no hablo claro? ¡He dicho que te pongas a buscar a mi hija inmediatamente... Barre todas las discotecas y bares de aquí a Nerja. ¿Entendido? ¿Me he explicado bien...?

Colgó con fuerza.

—Moreno es imbécil. Estoy rodeado de imbéciles. Le tengo dicho a Clara que no ande sola de noche por ahí, no me gusta... En Málaga no hay más que drogadictos y gentuza.

—¿Por qué no me lo has dicho? Mi gente te lo puede hacer mejor y, además, gratis. Esa agencia de Moreno te está desplumando.

—Todo el mundo me intenta desplumar.

Chaves cogió uno de los teléfonos que había sobre la mesa y marcó un número.

—¿Alonso? Sí, soy yo... ¿Alguna novedad?... Perfecto... Oye, dile a Zorita o a Vicente que se pongan... ¿Zorita? Oye, poneros a buscar a la niña del señor Sandoval... Sí, Clara, eso es... Debe de estar en una discoteca, ya la conocéis, ¿verdad?... Entonces, ligero... Habrá un regalito de parte del señor Sandoval.

Colgó. Sandoval preguntó:

—¿Un regalito? ¿Qué has querido decir?

—Nada, hombre. Les das unas entradas para los toros y ya está. Moreno te sale más caro. Mis hombres te la encontrarán, son muy buenos.

—¿A qué has venido? Se supone que estáis buscando a Durán, ¿no? Pandilla de ineptos.

—Quiero hablar contigo a solas.

Sandoval, a la mujer:

—¿Has oído, Marta? Espérame en el coche.

Marta abandonó el despacho sin ruido.

—Y ahora dime qué te pasa.

—A Medina le ha llegado un soplo. Sabe lo de la recompensa.

—¿Quién se lo ha dicho?

—Los policias nos enteramos de todo. No importa cómo Medina lo ha averiguado. El caso es que lo sabe y que tiene intención de venir a hablar contigo. Ándate con mucho ojo, Medina no es nada tonto. Estamos en un jodido lío.

—¿Lío? El lío es mío. Es a mí a quien Durán pide el dinero, soy yo el que está jodido. Le he metido ya en el banco cien millones y ahora quiere más. Tendría que haber matado a ese... a ese cerdo de Durán.

—Te lo dije, pero pasaste del tema. El matarile no falla, el silencio es total. Por cien billetes media cárcel se hubiera cargado a Durán dando saltos de alegría.

—Veamos si funcionan ahora los diez millones.

—Hay cosas que sabes hacer tú, otras las sé hacer yo. Tienes que dejar de moverte por tu cuenta. Durán es mío. ¿De acuerdo? Y te hablo en serio. Te recuerdo otra vez que te dije que teníamos que cargarnos a Durán. Y tú no me hiciste ni puñetero caso. Ahora vemos las consecuencias.

—Sí, me lo dijiste... me lo dijiste... ¡Y qué!

—Nunca me fié de Durán.

—Tampoco yo me fío de ti, Chaves. No me fío de nadie.

—Haces bien, pero estamos en la misma barca.

—No fastidies. Los millones los doy yo, no tú. Yo soy el que suelta toda la pasta. Toda.

—Míralo como un gasto imprevisto. Para ti cincuenta

millones..., cien, no es demasiado. Hay que reconocer que en los últimos tiempos te has forrado.

—Me haces gracia, Chaves. Mucha gracia. Me da la impresión de que todavía no me conoces. No estoy acostumbrado a perder, no me gusta que ese muerto de hambre de Durán se salga con la suya. Le di cien millones, diez por cada año de cárcel, y ahora me viene con que quiere cincuenta más. Bueno, ¿has venido sólo a avisarme de las intenciones de tu comisario? Te doy las gracias, pero Marta me está esperando. Y se supone que tú tienes que estar buscando a Durán. Y recuerda esto: Durán no debe hablar. No puede haber otro juicio.

—No, no hablará y no habrá otro juicio. Los muertos no dicen ni pío —Chaves sonrió. Sus dientes eran blancos y afilados—. Te lo garantizo, por la cuenta que me trae.

Sandoval se puso en pie.

—Muy bien, Marta me espera.

—Déjame escuchar otra vez la cinta.

—¿La cinta? ¿Para qué quieres oír la cinta ahora? Tengo prisa.

—Me ha parecido oír algo raro en ella. Déjame que lo compruebe.

Sandoval le miró durante unos instantes, consultó el reloj y luego se sentó. Abrió uno de los cajones de la mesa, que tenía una combinación secreta, y sacó un pequeño magnetófono. Lo colocó sobre la mesa y lo rebobinó. Empezó a escucharse la voz ronca de Durán:

—... la misma cuenta numerada de la Banca Samuel Fuller y Hermanos de Zurich, la B68-43127, que ya conoces, Sandoval..., quiero cincuenta millones más antes de que pasen cuarenta y ocho horas, he decidido subirme la cuota por estos años pasados en la cárcel en sustitución tuya... ya ves... he valorado un poquito más mi libertad y mi temperamento de primo... Tengo todos los documentos de la urbanización Palacio de Bellas Vistas, ¿recuerdas?..., los sobornos a los concejales, a ese cabrón de Chaves, el dinero negro, las dobles contabilidades, el maletín... ¿Para qué recordártelo todo? Me he cansado de hacer el canelo, Sandoval, y voy en serio... Si en cuarenta y ocho horas no tengo ese dinero en Suiza, la prensa se enterará de quién eres y de lo que hacíamos. Hablo en serio... Ya no tengo nada que perder...

Chaves interrumpió.

—Para ahí.

Sandoval detuvo el magnetófono.

—¿Qué ocurre?

—Me parece haber oído algo bajo la voz de Durán... No estoy muy seguro, pero me ha parecido oír una canción.

—¿Una canción?

—Alguien cantaba algo en la lejanía mientras Durán hablaba. Si no me equivoco, Durán se puede dar por muerto. Vamos a averiguar dónde se esconde.

8

Poco después de amanecer, cuando el sol apenas calentaba, Tomás vio a Clara al comienzo de una curva.

Clara movía los brazos y corría por la carretera gritándole a un coche de matrícula extranjera, cubierto de polvo.

Clara iba muy bien vestida, pero con las ropas arrugadas y sucias. Llevaba una bolsa de viaje colgada del hombro.

Una ranchera, que transportaba una barca, asomó por lo alto de la curva. Clara le hizo señas.

—¡Eh, para, para! ¡Eh, eh, llévame!

La ranchera pasó de largo. Tomás llegó hasta Clara y se detuvo a su lado.

—Oye, éste no es un buen sitio —le dijo—. Estás en medio de la curva. Aquí no te van a coger.

—¿Qué pasa, eres otro listo? —contestó ella.

—Lo único que te decía...

—Mira, olvídame, que no es mi santo, tío.

—No hace falta que te pongas así. Te estaba dando un consejo, nada más.

—Vale, vale..., muy bien. Ahora vete, anda. Sigue tu camino. Me estás espantando los coches.

Un camión de fruta tocó la bocina. Tomás se apartó lo más posible. Clara insultó al camionero.

—¡Desgraciado, casi me pillas!

—¿Ves? —le dijo Tomás—. No te cogerán nunca.

—¡Ah, no! Pues explícame por qué en esta curva no se puede hacer dedo, anda.

—¿No eres tan lista? Pues averígualo tú. Déjame en paz.

—Oye, perdona. No he querido insultarte, pero es que creía que eras uno de esos moscones, un ligón, ¿entiendes? Me han dicho una cantidad de cosas...

—¿Sí? ¿El qué?

—Bueno, ya sabes..., burradas, ¿no? Creía que tú también eras uno de esos que se meten con las chicas que van solas.

—Vale, ya lo hemos aclarado. ¿Ahora, qué?

—Me habías dicho que éste no es un buen sitio. Yo nunca he hecho dedo.

—Pues yo, en cambio, he hecho dedo cantidad de veces, para que veas.

—Llevo desde por la noche en la carretera y ya no puedo más. ¿Dónde crees tú que es mejor ponerse?

—En la curva no te pueden parar aunque quieran. Tienes que buscarte otro sitio. ¿Comprendes? Nadie para en una curva, es muy peligroso. Lo mejor es una gasolinera. Allí puedes hablar con los que se paren. También una cafetería o un restaurante. La gente ya no coge a nadie, ¿sabes? Y si encima estás en una curva, pues tú me dirás. Tienes que dejar espacio para que te vean y lo vayan pensando. En realidad, hacer dedo está cada vez más difícil, no cogen. La gente se ha vuelto muy egoísta.

Clara, pensativa:

—¿Dónde hay una gasolinera?

—Creo que a unos dos kilómetros. ¿Adónde vas tú?

—A Almería. ¿Y tú?

—A Nerja.

—¿Me puedes llevar a esa gasolinera?

—A dos cogen mejor que a uno. No sé por qué, pero es así. Una pareja inspira más confianza, creo.

—Vale, gracias, oye. De verdad.

Tomás y Clara caminaron por el arcén. Primero ella, después, Tomás. Al coronar la curva divisaron urbanizaciones de nombres exóticos y el mar. Algunos bañistas jugaban con las olas, y una barca de pesca con motor pasó paralela a la playa.

La curva descendía con suavidad. La cinta brillante de la carretera se perdía en la lejanía. Había kilómetros y kilómetros de urbanizaciones. Dijo Clara:

—¿Falta mucho? Dios mío, no puedo más. Tengo las piernas destrozadas, creo que voy a caerme de un momento a otro. Además, me muero de hambre. Me comería una vaca entera.

Tomás se detuvo.

—¿Tienes hambre?

Clara se relamió.

—¿Hambre? No he comido desde ayer al mediodía.

Tomás dejó el macuto en el suelo.

—Tengo un par de bocatas de queso. Los compré anoche en Bailén. Te puedo dar uno.

—¿Queso? Bueno, odio el queso, pero si no hay otra cosa... Creo que podría comerme las piedras.

Tomás urgó en el macuto y sacó una bolsa de plástico.

—Vamos a salir de la carretera y nos lo comemos, ¿vale? Yo también tengo bastante hambre.

Salieron del arcén y buscaron un sitio donde sentarse. Lo hicieron en la sombra y se apoyaron sobre el muro de una urbanización llamada Pradera Tropical. Tomás le dio el bocadillo.

—¿Por cuánto me lo vendes? —le preguntó Clara.

—¿Vendértelo? Te lo regalo.

—¿Quieres decir que no me lo vas a cobrar?

—Pues, no. Te he dicho que te lo regalo.

Tomás empezó a comerse su bocadillo. Clara abrió el bolso y sacó un fajo de billetes.

—Te doy mil pesetas por los dos.

—Oye, te he dicho que te lo regalo. Yo no cobro la comida.

—Es que me muero de hambre. Quiero los dos. Te doy dos talegos, ¿vale?

—Te doy un bocadillo, nada más. Acabo de descubrir que yo también tengo hambre. ¿Cómo te llamas?

—Clara, ¿y tú?

—Tomás.

—¿Y no vas a cobrarme el bocata?

Tomás negó con la cabeza y siguió comiendo. Clara mordió el suyo con cuidado.

Tomás, con la boca llena:

—Oye, tú no tienes pinta de hacer dedo.

—¿De qué tengo pinta, según tú?

—¿Te digo la verdad?

—Sí, dímela.

—De niña pija, y perdona. Con ese fajo de billetes que

llevas no hace falta hacer dedo. Si yo tuviera ese dinero no haría dedo. Iría en taxi, por lo menos. Y no haces más que mirar hacia atrás y pareces asustada. Creo que huyes de algo.

Clara, asombrada:

—Vaya, eres muy listo, ¿no?

—Me gusta observar a la gente. Es una manía, creo que se aprende mucho mirando a los demás. ¿Has leído *Las aventuras de tres rusos y tres ingleses en el África austral*?

—No, no las he leído.

—Es de Julio Verne, de exploradores y científicos. He aprendido mucho de ese libro. Por ejemplo, cómo llevar el macuto y cómo caminar por lugares que no conoces.

—Yo iba a ir en el coche de mi chico, pero le he dado boleta. Es un imbécil perdido... Me estoy escapando de mi casa, sabes. Eso es lo que estoy haciendo. Me escapo. Quiero irme a Marruecos, ¿entiendes? Quiero vivir mi vida, ser yo.

—Sí, te entiendo. Ser uno mismo, no lo que los demás quieran que tú seas.

—Eso es. ¿Y te parece normal que lo haga una chica sola?

Tomás se encogió de hombros.

—Pues claro que es normal.

—Muchos chicos piensan que una mujer no sabe valerse por sí misma..., o sea, que no debe hacer nada. Entre los que piensan así está mi padre y el imbécil de mi ex. ¿Eres partidario de ir solo o acompañado?

—Dos viajan mejor que uno. Se puede hablar... No sé, es más divertido. Te cogen más... Bueno, yo siempre he viajado acompañado por alguien. Tengo muchos amigos, amigas... Con una chica se viaja mejor. Se hace dedo mejor con una chica.

—Yo prefiero viajar sola. Antes pensaba que necesitaba al memo de mi ex, ahora sé que no.

—Nunca he estado en Marruecos... Me gustaría tanto viajar... ¿Has leído a Salgari?

—Bastante.

—Le voy a decir a mi padre que me compre a Salgari entero, a Verne..., a Stevenson, a..., bueno, a todos los que me gustan. Quiero..., perdona, hablo mucho.

Clara negó con la cabeza, terminó el bocadillo y rebuscó en la bolsa. Sacó una tarjeta, que entregó a Tomás.

Tomás leyó la tarjeta.

—Los chicos de mi pandilla no hablan nunca, sólo les gusta bailar. ¿Te gusta escribir cartas?

—Sí —declaró Tomás.

—Si quieres, me llamas algún día o me escribes. Y, gracias, hacía tiempo que no comía tan bien. En serio, ¿no quieres que te dé algo de dinero?

Tomás continuaba con la tarjeta en la mano.

—Vaya, vives en El Candado.

—Sí, ¿y qué?

—No, nada. Pero eres una chica rica, ¿no?

Clara se encogió de hombros.

—El rico es mi padre.

—Pues no entiendo por qué no te has ido a Almería en tren... Bueno, o en autobús.

—Pues porque ando huyendo, ya te lo he dicho. Estoy segura de que mi padre me busca en los trenes y en los autobuses. En la empresa de mi padre hay vigilantes, gente que hace lo que mi padre quiere.

—Con el fajo de billetes que tienes podrías ir a Almería en taxi.

—Los taxistas son los primeros que controlan los vigilantes de mi padre. Lo sé de otras veces.

—¿Te has escapado más veces?

—Siempre me estoy escapando. Si mi padre se entera de que..., bueno, de que me he escapado... No sabes cómo es mi padre. Me da asco... Bueno, ¿y tú? ¿Qué andas buscando en Nerja, Tomás?

—Al revés que tú. Voy a reunirme con mi padre. Hace mucho tiempo que no lo veo. Se divorció de mi madre cuando yo tenía cinco años, fíjate, y no lo he visto desde entonces. Nos vamos a ir juntos, sabes. Vamos a ir al extranjero. Quiero..., bueno, tengo algunas ideas... De pequeño ya soñaba que alguna vez iría con mi padre al extranjero', fuera de aquí. A vivir de verdad.

—He estado en muchos sitios... París, Lisboa, Praga... Mi padre me lleva a donde yo le diga. Estuve en Nueva York hace dos meses para comprarme ropa. Fue horroroso. Me lo pasé fatal. Vino con mi padre una novia medio tonta que tiene, una tal Martita, que todo el rato quería tener conmigo una conversación de ésas, ¿comprendes? Ese tipo de charla de amiga a amiga que me revienta tanto... Oye, ¿no nos hemos visto antes? Tú cara me es conocida. No sé de qué.

—Lo dudo, no creo que yo frecuente los ambientes tuyos.

Clara cerró los ojos. Apoyó la cabeza en el brazo y se durmió al instante. Tomás decidió que era muy guapa. Tenía el rostro triangular, los pómulos altos y los ojos ligeramente achinados. El cabello castaño claro, casi rubio, le llegaba a los hombros, peinado con sencillez. Había algo frágil en ella cuando dormía. Duro y frágil al mismo tiempo.

Tomás la despertó, sacudiéndola.

—¡Eh! ¿Qué pasa? —exclamó ella.

—Te has dormido y me tengo que ir. Quería despedirme.

Tomás se puso en pie y se colocó el macuto. Ella bostezó.

—¿Puedo ir contigo a esa gasolinera?

—Vale, así podemos hablar un poco más.

Otra vez caminaron por el arcén. De cuando en cuando, Clara se detenía y hacía dedo, y luego corría hasta situarse al lado de Tomás.

Vieron una parada de autobús. Tenía un banco de piedra y un tejadillo.

—Ya no puedo más. Creo que voy a esperar al autobús. No puedo dar un paso —dijo Clara.

—¿No decías que tu padre hacía vigilar los autobuses?

—Me muero de sueño, voy a subirme al primer autobús que pase, y sea lo que Dios quiera.

—No sabemos el horario. Además, llegaremos antes si nos llevan en coche. Falta muy poco para la gasolinera.

—Vamos en autobús, por favor. Yo te pagaré el viaje. Da igual cualquier autobús, con tal de que me lleve hacia Almería.

—Es que...

—Por favor... No me dejes aquí sola. Me puedo dormir.

Tomás miró la hora, indeciso.

—Mi padre me está esperando, Clara.

—Un taxi de aquí a Nerja cuesta alrededor de cinco mil pesetas. Te las dejo, venga.

—No hace falta que me des dinero. Me quedaré contigo quince minutos. Si no viene el autobús, me marcharé. ¿De acuerdo?

Clara, alegre:

—¡De acuerdo!

Tomás se quitó el macuto, y los dos se sentaron en el banco de piedra. El sol comenzaba a picar.

Clara apoyó la cabeza en el hombro de Tomás y cerró los ojos. Tomás sintió el olor limpio del cabello, le pasó la mano por detrás con cuidado y la sujetó. Se quedó inmóvil, sin atreverse a cambiar de postura. Experimentó un extraño bienestar, una quietud que nunca había sentido antes.

—Háblame, anda, por favor. Cuéntame cualquier cosa. Así no me duermo.

—¿Y qué quieres que te cuente?

—Algo bonito.

—¿Quieres que te cuente *La línea de sombra*? La acabo de leer, y me ha encantado. Es de Conrad. Si quieres, también te puedo contar *La isla del tesoro*.

—Cuéntame tu vida.

—¡No fastidies! Mi vida no es nada interesante... En realidad... Bueno, mi vida ha sido de lo más aburrido... Te he mentido... Nunca he hecho dedo..., nunca. Y no tengo amigos, ni amigas. Me hubiera gustado tenerlos, ya ves. Pero creo que siempre he estado como esperando algo, ¿entiendes? Como si me fuera a ocurrir algo... y pensando, bueno, dándole vueltas al coco... Desde que era pequeño pienso en mi padre. En cómo era, qué es lo que hacía, y tenía muchas ganas de estar con él. Bueno, también de ser como él, ¿entiendes? Desde pequeño le he estado escribiendo cartas que luego no enviaba, y me figuraba que él me escribía también. Cuando era pequeño soñaba mucho con mi padre.

Clara parecía dormida. Tomás continuó:

—Soñaba que cuando fuera mayor sería como él, un aventurero. Quería ser gángster. Un gángster terrible que robara bancos y todas esas cosas. Quería ser aventurero y millonario y llevar una vida de rico en grandes hoteles con cochazos y todo eso... Pero eso era de pequeño, cosas de niño... Ahora..., bueno, ahora no sé qué hacer... Mira qué curioso: algunas veces sueño que estoy en una habitación oscura y que no puedo salir; lo intento por todos los medios, y no puedo y me muero de miedo. Nunca he hecho nada, sabes, siempre he estado esperando algo que fuera a ocurrir de un momento a otro. Pero nunca ocurre nada, lo único que he hecho ha sido esperar y esperar no se sabe qué. Es como estar en esa habitación, oscura y vacía.

Un coche policial se detuvo frente a ellos con un seco chirriar de frenos. Un policía se asomó por la ventanilla y sonrió. Abrió la portezuela muy despacio y salió. Era gordo y barrigón. Se llamaba Zorita.

Vicente, el otro policía, se quedó en la portezuela, a medio salir. Tenía bigotes, barba sin afeitar.

—Buenos días, señorita —saludó Zorita.

Clara abrió los ojos.

—¡Eh! ¿Pero no estabas dormida? —exclamó Tomás.

Zorita se dirigió a Tomás.

—¿Quién eres tú?

—Esperamos al autobús —contestó Tomás.

—Oye, ¿ese macuto es tuyo? —le gritó Vicente a Tomás—. Yo, una vez, de joven quise comprarme uno para ir por ahí.

Zorita agarró la mano de Tomás y la separó del hombro de Clara. Clara se puso en pie.

—¿Qué es lo que hace usted? —exclamó.

La cara de Zorita era una enorme sonrisa.

—Señorita Sandoval, su padre la está esperando. Por favor, acompáñenos.

—¡Dejadme en paz! ¡No quiero ir con mi padre!

—No tenemos más remedio que devolverla a su casa, señorita —a Tomás—: Oye, chaval, mejor te marchas.

—¡Fuera! ¡Lárguense de una puñetera vez! ¡No quiero ir a ningún sitio! —gritó Clara.

Tomás se puso en pie y se dirigió a Zorita:

—Oiga, un momento, ¿qué significa esto?

—Oye, golfo de mierda, chitón. ¿Lo has entendido?

Vicente dejó el coche y se acercó.

—Señorita Sandoval —dijo Vicente—, no nos lo ponga difícil, por favor. Su padre la está esperando.

—Ella no ha hecho nada. No la pueden obligar a ir con ustedes —insistió Tomás.

—Oye, listo, ábrete de aquí antes de que nos enfademos, ¿vale? Porque si no te callas, te voy a callar yo. Llevamos toda la jodida noche dando vueltas.

—Venga, chaval, vete— añadió Vicente.

Clara intentó salir corriendo. Zorita la agarró del brazo con facilidad. Clara gritó e intentó soltarse. Zorita la estrechó en sus brazos.

—¡Estúpido, me haces daño! ¡Me estás haciendo daño!

Clara chilló y golpeó a Zorita en el pecho. Zorita soltó una carcajada y la apretó más. Tomás se abalanzó contra él.

—¡Suéltela! —gritó.

Tomás no vio el puñetazo que le lanzó Zorita. Sintió un golpe en el estómago, algo que le empujó hacia atrás.

Antes de caer Zorita le volvió a golpear. El cielo se convirtió en un fogonazo continuo, en un mar de estrellas que chisporroteaban.

9

*E*L cartel estaba en la puerta de un edificio de oficinas de la calle Puerta del Mar y ponía: «Detectives Moreno & Moreno. Rápido y Confidencial. 6.º Dcha.».

Moreno era gordo, con papada, y movía mucho las manos al hablar. Su padre había sido también detective, pero llevaba bastante tiempo muerto. El cartel de la puerta era del tiempo de su padre.

—Es mejor enviarlo a Sevilla —le dijo a Chaves—. Aquí no tengo medios. Y voy a tener un hijo, mi mujer ha salido de cuentas. Está en la maternidad. Yo no tendría que estar aquí, en el despacho. Díselo a Sandoval. Por eso te digo que es mejor que lo lleves a Sevilla.

—Imposible —Chaves negó con la cabeza—. No hay tiempo.

—Hay que aislar el sonido y no es fácil. No tengo limpiadoras, ni vectores. En Sevilla conozco un tío que lo puede hacer muy bien, se llama Fuentes, Toni Fuentes, y lo hará muy rápido. Dile que vas de mi parte.

—No, lo tienes que hacer tú y enseguida. No hay más

remedio. Lo manda Sandoval. Me parece que he hablado claro, ¿verdad? Y, además, es un asunto confidencial.

Moreno miró a Chaves fijamente. Cogió el casete y lo sopesó.

—La cinta es convencional, de aficionados, no demasiado sensible. Necesitaría una Vecta-10 con limpiadoras. Hay un modelo nuevo, americano, la Vecta-12B con láser automático. Con ese aparato te lo averiguo en media hora. En Madrid lo tiene Carpintero, Antonio Carpintero, de «Investigaciones Draper».

—Déjate de tonterías. A mí no me engañas, Moreno. Estás calculando cuánto vas a cobrarle a Sandoval por el trabajito. Olvídate de esa mierda y pide lo que quieras, te lo dará.

Moreno agitó el casete.

—Debe ser curioso lo que hay aquí, ¿verdad? Si no lo harías tú en vuestros laboratorios. El material que tengo aquí es de juguete, Chaves. No sirve para nada. ¿Sabes qué modelo de Nagra tengo? No te lo vas a creer. Un serie C de 1972 y sin micrófono direccional. Es de risa.

—Pide una cantidad y déjate de coñas. Tengo prisa, ¿entiendes? Di cuánto nos va a costar, y santas pascuas.

—Dime exactamente cuándo lo quieres.

—Ayer.

—Doscientas cincuenta mil.

—De acuerdo. ¿Cuánto puedes tardar en averiguarme lo que hay debajo? —añadió Chaves.

—Debajo hay algo, eso seguro. Casi se escucha sin auriculares, pero para definírtelo voy a tardar. A lo mejor es el ruido de un autobús o una radio. Desde luego tiene una cierta cadencia, lo que indica que puede ser una canción... Bueno, cualquier cosa, no quiero adelantar nada todavía.

—Lo quiero esta tarde.

—Digamos que lo intentaré, Chaves. Pero necesito un poco más de tiempo.

—Esta noche. No puedo darte más.

Moreno manoseó el casete.

—Imposible.

—Esa palabra no existe, Moreno. Lo necesito esta noche. No importa la hora. Si quieres más dinero, lo pides.

—Esta noche pensaba ir a la maternidad con mi mujer.

—No te hagas el listo conmigo, Moreno. Hazlo esta noche.

10

Gracias a los dobles ventanales insonorizados, en el despacho de Sandoval no entraba un solo ruido del tráfico de la calle Larios.

Sandoval paseaba de arriba abajo y Clara estaba sentada en una de las butacas de los visitantes, frente a la mesa. Se contemplaba las uñas.

—Quiero que me llames por teléfono, hija. Quiero saber dónde estás y a qué hora vas a volver. Me has tenido muy preocupado. Me parece que no es mucho pedir, ¿no? Los policías me dijeron que ibas en dirección contraria a Málaga. ¿No estarías fugándote otra vez, verdad? Me prometiste que no lo harías más.

—Me muero de sueño, ya no puedo más. Vámonos a casa de una vez.

—Hija, ¿por qué eres así? Sólo quiero tu bien, me has tenido muy preocupado. He estado toda la noche en vela, sin poder dormir.

—¿No has estado con Martita?

Sandoval dejó de pasear.

—Hija, Marta te quiere de verdad. No entiendo por qué le tienes esa rabia. Ella te aprecia.

—Aprecia los vestidos, el coche, el apartamento...

—Marta es una buena chica, Clara. Si la conocieras un poco más...

—Gracias, papá, pero no me apetece conocer más a Martita.

—No sé qué hacer contigo... No estudias, no trabajas, no haces nada. ¿Es que no hay algo que quieras hacer?

—Sí, dormir. Me muero de sueño, papá.

—Me das muchos disgustos, Clara..., muchos, hija mía. No me vuelvas a hacer esto, hija. Te lo pido por favor. Si otro día quieres estar en la discoteca hasta tarde con tus amigos, no hay problema. Yo soy un padre moderno, comprensivo... Pero llámame, dime en qué discoteca estás. Dímelo.

—¡Qué pesadez, papá! Se nos hizo tarde en la discoteca y se me olvidó llamarte. Crucé la carretera para hablar con ese chico, nada más.

Sandoval levantó la mano para acariciarle la cabeza a su hija, pero se detuvo a mitad de camino.

—Málaga está llena de drogadictos, de maleantes. Lo único que hago es preocuparme por ti. No está bien que una señorita como tú ande toda la noche por ahí.

—Los chicos sí que pueden; las chicas, no. Pues vaya qué bien.

Llamaron a la puerta. Un vigilante se asomó.

—El comisario Medina está ahí, señor Sandoval. Dice que si tiene usted unos minutos, que es urgente.

—¿El comisario Medina...? Dile que pase.

Medina apareció en el umbral.

—Disculpe que lo interrumpa en su trabajo, Sandoval.

Seré muy breve— dijo, y se dirigió a Clara—: Mucho gusto, señorita.

Clara respondió con un gesto.

—Me gustaría hablar con usted a solas.

—¿Puedes esperar fuera, cariño? —dijo Sandoval.

Clara se levantó.

—Te espero en «Lepanto», ahí abajo, pero no tardes mucho, papá, o me marcharé en taxi.

—Enseguida estaré contigo, hija. Ten un poco de paciencia, el comisario no me entretendrá mucho.

Medina se había afeitado en el cuarto de baño de la comisaría y se había lavado la cara, sin lograr ocultar el cansancio y el abandono. Tenía raspaduras en el cuello, restos de un mal afeitado.

—Bien, ¿qué quiere? Ya ha visto en qué condiciones está mi hija. Sea breve.

—Seré lo más breve posible. Quiero preguntarle un par de cosas. Estamos investigando a los amigos de Durán, a todos. Sin duda tiene un cómplice. Alguien que le esperaba al salir de la cárcel y que lo tiene escondido. ¿Sabe usted de algún amigo especial? ¿Alguien ligado con el hampa o un amigo de la infancia, quizá?

—¿Cómo voy a saber yo eso? Además, Durán no era amigo mío. Era mi empleado y me estuvo robando, me estafó. Causó muchos problemas a mi empresa y a mí mismo. No sé nada de la vida privada de mis empleados.

—¿Ha ofrecido una recompensa de diez millones de pesetas para el que mate a Durán?

—Tonterías. ¿Quién se lo ha dicho?

—Eso no importa.

—Es mentira. Un invento. A la gente le gusta insultar

a Sandoval. Ya sabe que el principal defecto de los españoles es la envidia. ¿Era eso lo quería preguntarme?

—Sí.

Sandoval se dirigió hacia la puerta y la abrió.

—Me insulta, comisario, con esas paparruchas de recompensas y tonterías de amistades de Durán. Tengo prisa, mi hija me espera.

—Muy bien. Pero si es verdad lo de la recompensa me lo comeré vivo, Sandoval. Usted es un ciudadano normal, como cualquiera. No tiene que tomarse la justicia por su mano. ¿Me he explicado bien?

La ira cruzó el rostro de Sandoval como un vendaval.

11

*E*N la sala de detenidos, en la comisaría, los bancos eran de madera, muy gastados por el uso. La sala era pequeña, sin ventilación, y se había ido llenando y vaciando de detenidos durante toda la mañana. En la pared había un reloj parado en las tres.

Los detenidos llegaban, esposados en su mayoría, les tomaban declaración en un despacho adyacente y volvían a sentarse en los bancos. A veces iban directamente a celdas.

Casi todos eran jóvenes, aunque había también hombres, mujeres y viejos. Un chico de la misma edad que Tomás y muy pálido, con la cara cubierta de granos, vomitó en el suelo. Tardaron en recogerlo y la sala apestaba a vomitado.

Entraban y salían policías, pero había uno de guardia, en la puerta del despacho. Tomás le preguntó:

—Oiga, ¿hasta cuándo voy a estar aquí?

—Hasta que a mí me dé la gana.

—Yo no he hecho nada. Me gustaría saber por qué estoy aquí. Llevo toda la mañana y nadie me dice nada.

—Ya te lo dirán. Y déjame en paz, ¿quieres? No me infles las pelotas, que es peor.

—Sólo le estoy preguntando por qué estoy aquí. Creo yo que debería saberlo, ¿no?

—¿No lo sabes, listo? Pues es muy fácil: estás aquí por intentar sacudirle a un policía. ¿Te parece poco?

—Yo no le he pegado a nadie. Fueron ellos los que me pegaron a mí. La chica lo vio todo. Puede usted preguntarle a ella.

—Si dices que ellos te pegaron, pon una denuncia. Se lo dices al juez cuando te llevemos.

—¿Es que me van a llevar al juez?

—Sí.

—Pero... no puedo, no tengo tiempo. Mi pa..., mis amigos me esperan.

—Tienes derecho a una llamada telefónica y a que te asista un letrado. Llama a tus padres. ¿Cuántos años tienes?

—Tengo diecisiete..., y bueno, no me sé el teléfono de mi padre... Oiga, por favor, ¿no podemos arreglar esto de otra manera? No puedo estar aquí más tiempo. Ya es la hora de comer.

—Te daremos de comer, no te preocupes.

—No es eso. Es que tengo que... Oiga, por favor, ¿no puede avisar a alguien, al jefe, por ejemplo? ¿Quién manda aquí?

—Aquí manda el comisario y no está para charletas con chorizos como tú.

—Oiga, yo no soy un chorizo. Quiero salir, por favor.

—Si sigues dando la lata, te meto en la última celda y tiro la llave por el retrete. Te digo por última vez que ya te llevaremos al juzgado. Pero no cuando tú quieras, sino cuando nosotros podamos, ¿vale?

—No quiero poner ninguna denuncia, ni nada.

—Eso está muy bien. Pero tenemos que llevarte al juzgado.

Tomás sacó la tarjeta que le había entregado Clara.

—Oiga, ¿puedo llamar a esta chica?

—No, sólo a familiares en primer grado. ¿Oye, por qué eres tan pesado, chaval? ¿Sabes que me estás cansando?

—Ha sido un malentendido. El policía aquél agarró a la chica y yo, entonces...

—¡Calla de una vez o no respondo!

Tomás se retorció las manos, sin atreverse a volver a hablar. Se escuchaba la máquina de escribir del despacho de al lado. Un hombre con barba de tres días canturreó flamenco con los ojos cerrados y los brazos cruzados sobre el pecho. Alguien le ordenó que se callara.

Trajeron a un negro esposado que echaba saliva por la boca. Vestía una camisa multicolor, desgarrada. Lo sentaron al lado de Tomás. El negro le mostró a Tomás el reloj que llevaba en la muñeca izquierda.

—Eh, eh, tío..., ¿lo ves? Es Cartier... legítimo. Te lo vendo, es de oro macizo. Cinco talegos.

—No tengo dinero —contestó Tomás.

—Dos mil quinientas. Venga, es un peluco chachi. Colorao del bueno.

—Le digo que no tengo dinero.

—Un talego, tío. La oportunidad de tu vida. En el trullo me lo van a guindar. Un talego y es tuyo.

—¡A ver si nos callamos ya! —ordenó un policía.

—¡Aquí hay mucha cabra! ¡Huelo a cabra! —gritó otro hombre con los brazos tatuados, y soltó una carcajada.

12

LOS pajarillos revoloteaban por la habitación, y la luz del medio día se filtraba por los resquicios de las persianas. Durán estaba sentado en la mesa y bebía güisqui puro de una botella. El Tío Paquito canturreaba el antiguo pregón desde la cocina, al tiempo que fregaba los platos de la comida.

La voz del Tío Paquito era ronca.

«Almendras y peladillaaas, piñonate,
carmelooo fino. Los trae el Tío Paquito,
desde el puerto de La Habana...»

Durán soltó una carcajada y comenzó a hablar solo.

—Carmen, no sé cuándo empecé a ganar dinero, a gastarlo a manos llenas... Un día me di cuenta de que lo que estaba haciendo no estaba bien, de que engañaba y estafaba. Se abrieron ante mí dos caminos. Uno, incómodo, el otro, fácil. Si eliges el primero tienes que hacer algo. Quizá marcharte, a lo mejor inhibirte, denunciar. Pero si eliges el otro camino, es como si robaras tú mismo, no hay diferencia. ¿Te lo he dicho alguna vez, Carmen?

El Tío Paquito asomó la cabeza.

—¿Qué dices, Ricardo?

—Descubrí que los terrenos para edificar se conseguían con sobornos, que las infraestructuras eran ficticias y que se incumplían las normas urbanísticas a cambio de cambalaches, y que los materiales de construcción eran de tan ínfima calidad que parecía milagroso que las casas se sostuvieran en pie. Y si aceptabas eso y, encima, te aprovechabas y no lo denunciabas era como si te bañaras en mierda y fingieras estar limpio. Pero claro, me callé y empecé a ganar dinero. ¿Te acuerdas, verdad?

El Tío Paquito observó en silencio a su amigo.

—El dinero empezó a sonarme en los bolsillos y lo gasté como si lo recogiera de los árboles. Y me creí que todo eso era por ser tan listo, tan agudo, mucho más que los demás. Me dije que todo el mundo hacía lo mismo y que yo me tenía que aprovechar. Claro, tienes mucha gente alrededor, muchísima, que dice que eres fenómeno.

Tío Paquito se sentó frente a Durán. Sobre la mesa había una botella vacía y otra por la mitad.

—Todos pensaban como yo. Todos nos creíamos más listos que los demás mortales, y robábamos, estafábamos y teníamos buenas maneras, buenos modales. Entendíamos de vinos y comida. Éramos gente chic, pero en realidad, bandidos, gentuza de la peor especie. En la cárcel me he encontrado con gente mejor que nosotros. Y es como una rueda, como una pelota rodando por una pendiente. Gastas más de lo que tienes y necesitas cada vez más y más. Y te metes en negocios propios, operaciones ilegales, dinero negro que nunca se declara. Y todavía gastas más, estás en la cumbre, te crees un semidiós, uno de los elegidos...¡Qué fácil es! Los trajes buenos, los coches, los grandes hoteles, la ropa exquisita, los objetos de lujo, la primera clase para los viajes, las mujeres bellas que aceptan regalos cada vez más caros... Y estás pillado, viejo, estás cazado en el cepo. Ya no puedes salir. Participas cada vez más en los negocios sucios. Y a cada ataque de malestar, de asco, te van subiendo de categoría, escalón a escalón, hasta que te hacen mano derecha del Gran Jefe Sandoval, Ayudante Ejecutivo con categoría de Vicepresidente, nada menos. Un gran honor, Durán, te dicen. Un privilegio que muy pocos consiguen.

Durán volvió a beber de la botella.

—El Gran Jefe Sandoval confía en muy pocos, y yo fui uno de los elegidos. Nada menos que miembro del Consejo de Administración, con acceso a los secretos, a las decisiones importantes. Entonces te das cuenta de que también el Gran Jefe Sandoval forma parte de otra vasta red de corrupción y mierda más alta que él. Que hay corruptos en todas partes y que los corruptos se ayudan entre sí y forman una tupida red de mutuos intereses que se entrelazan como las cerezas en un cesto. Y te dan ganas de vomitar.

—Ricardo, escucha un momento...

—Pero eres como ellos, vistes como ellos, te ríes como ellos, comes igual, tienes queridas fáciles y bromeas lo mismo que ellos. Formas parte de la pocilga, de la cuadra. Te saludan como a un igual. ¿Qué tal, Durán? ¿Qué tal, chico? ¿Cómo te va? Me alegro de verte. Pero en el fondo no es así. En el fondo te sientes tan sucio, tan maloliente que no lo puedes soportar. Y te preguntas si a ellos les pasa lo mismo, si están tan asqueados como tú. Y los escudriñas para ver alguna señal, algún dato que te haga pensar que lo mismo que te pasa a ti le pasa a algún otro. Pero o no sabes mirar o a nadie le pasa lo que a ti te está pasando. Y un día se derrumba una casa y se soborna a los periodistas y a los técnicos del ayuntamiento para que los informes digan lo contrario de lo que tendrían que decir. Pero entre los cascotes de la vivienda se quedan siete personas y otros cuarenta y tres están en los hospitales.

—Basta, Ricardo, por favor.

—Hay cosas que no se pueden tapar con sobornos. Y entonces hay que buscar un chivo expiatorio, alguien que se haya quedado con el dinero del cemento, por ejemplo. ¿Y sabes a quién le tocó pagar, Carmen? Claro que lo sabes, a Ricardo Durán. Pero no gratis, claro. A diez millones por año de cárcel. Una condena de diez años, pues cien millones de regalo a cambio de un gran favor... Tengo tanto odio dentro. Tanta bilis...

—Cálmate, por favor. No bebas más.

—Siete muertos, cuarenta y tres heridos. Y eran niños, mujeres, gentes humildes que habían ahorrado toda la vida para comprar esas casas que parecían hechas de cartón piedra. Aún veo sus caras machacadas, cubiertas de sangre, sus cuerpos retorcidos. Los veo en mis sueños gritándome, arrastrándose por el suelo.

El Tío Paquito agarró a Durán del hombro y lo sacudió.

—Carmen no está, Ricardo. Cálmate.

—Soy un asesino. Colaboré en que murieran siete personas.

—Ricardo, ya has pagado. Ocho años son muchos años.

—¡Qué sabréis vosotros lo que es pagar! ¡Maldita sea, no puedo dormir! ¡Me he tirado ocho años sin poder dormir!

—Me gustaría ayudarte, Ricardo, pero no puedo. Nadie puede ayudarte.

—Fui tan imbécil, tan ciego, que no me di cuenta de que cien millones no compensan diez años de cárcel. La cárcel es un pudridero de hombres, Paco. En la cárcel te vas destruyendo poco a poco. Si aún no eres un animal, te conviertes en uno. Te haces rencoroso, insolidario, egoísta, cruel... Pero el primer error fue trabajar con Sandoval. Era como caminar por una cuerda floja al borde de un abismo. ¿No tienes otra botella, Paquito?

—Deja de beber.

—En la cárcel no se puede beber. Puedes drogarte, puedes comer bien si tienes dinero suficiente para pagarlo, pero no puedes emborracharte a gusto. Sabes, Paquito, en la cárcel he pensado mucho en mi vida desperdiciada, en lo que les hice a mi hijo y a mi mujer. He tenido mucho tiempo para pensar, demasiado tiempo. No podía dormir. En cuanto intentaba dormir..., bueno, veía a los muertos, veía a los heridos. Soñaba con ellos, Paco. Mis noches han sido un continuo horror. Es difícil explicarlo. Ahora pregúntame por qué bebo, anda. Pregúntamelo.

—No te voy a preguntar nada.

—Eres un buen chaval, Paquito. ¿Haces esto por dinero o porque eres amigo mío?

—Deja de decir tonterías.

—Todo el mundo hace las cosas por interés. Niégame eso. Dime que no es así.

—Ésta es la conversación típica de un borracho que se compadece de sí mismo. Piensa en tu hijo y deja de beber. Te has bebido ya dos botellas.

—Dos botellas en ocho años no es mucho.

—Tu hijo no puede vivir con un borracho, piénsalo un poco. Me dijiste que habías cambiado, que eras otro.

—Aún sigo sin poder dormir.

—Piensa en Tomás.

—Mi hijo no vendrá, Paquito. Lo sé, y ya no me importa. No volveré a ver a mi hijo. Pero quizá me case y tenga otros, ¿no? Las brasileñas son muy guapas, y yo seré un hombre rico. Me da igual que no venga Tomás.

—No mientas, te importa. Así que deja de una vez de beber o no te ayudaré más. Y hablo en serio.

—¿Tú harías eso? ¿Me dejarías en la estacada?

—Haz la prueba y verás. Te hablo en serio.

—Está bien. Ésta será la última botella. Después, Suramérica. Con el dinero que tengo se puede empezar a vivir otra vez. Se puede hacer mucho en Brasil con más de un millón de dólares. Se puede vivir como un marajá. Y te dejaré un buen pico, Paquito. Vivirás de maravilla, podrás comprarte una tiendecita, un negocio, lo que quieras.

—Me da igual el dinero, y tú lo sabes.

—Sí, lo sé. Ahora que no tengo amigos, tú..., bueno, tú sí eres mi amigo. Lo más parecido a un amigo.

—Nunca has tenido amigos.

—Eso es, nunca los he tenido. Pero tenía un hijo y una mujer, Paquito, y a los dos los mandé a la mierda. ¡Ojalá se pudiera dar marcha atrás!

—Te haré café, ¿de acuerdo? Y te irás a dormir la siesta. Esta noche llamaré a Suiza. Ya tendrás tu dinero en el banco.

—¿Sabes cuándo empezó todo? ¿Lo sabes? Fue cuando no denuncié a Sandoval, ni a Chaves. Cuando supe el tinglado que se habían montado. Debí denunciarlos o, quizá, dimitir. Habría podido buscar otro trabajo, un trabajo honrado, normal. Hubiera visto crecer a mi hijo..., a lo mejor hubiera tenido otro hijo, una chica.

—Deja de compadecerte de ti mismo. Me estás empezando a dar asco.

—Te llevo ventaja: hace muchos años que me doy asco, Paquito. Mucho tiempo.

—Bueno, voy a hacer café. No me gustaría que tu hijo te viera en ese estado. Te has tirado toda la noche y toda la mañana bebiendo sin parar.

—¿Te acuerdas de Carmen, Paquito?

—Sí, me acuerdo.

—¿Cuándo dejó de...? Bueno, qué importa eso. No sé por qué me preocupo ahora de eso. Se habrá casado con alguien. Seguirá siendo muy guapa. Oye, Paquito, Carmen era muy guapa, ¿verdad?

—Sí, sí que lo era.

—¿Cuándo dejó de llamarte, de escribirte, Paco?

—Ya te lo he dicho.

—Pues dímelo otra vez.

—El primer año vino seis veces a verte, y el segundo, dos. Dejó de escribirte y de venir cuando tú decidiste devolverle las cartas y negarle las visitas. Siempre has sido muy listo, Ricardo.

—Eso sí que es verdad. He sido un tío listo. A la salud de los listos, Paco... Seguro que se ha casado, ¿eh? Estoy seguro.

—Es lo mejor que podría haber hecho.

—Claro... ¿Y Tomás? Háblame de Tomás.

—La última vez que lo vi era casi tan alto como yo,

debía tener siete u ocho añitos y tenía tu misma cara, una carita seriecita y formal de niño triste. Todo el día estaba jugando con los pajaritos y preguntándome por qué su padre no quería verlo. Pensaba que la culpa era suya, que había hecho algo malo y que tú lo estabas castigando. Se pasaba las horas mirando por la ventana, pensando. Yo le preguntaba: ¿niño, qué haces?, y él me respondía: nada, Tío Paquito, nada. ¿Y sabes qué era lo peor, Ricardo? ¿Lo más jodido? Que ni de tu hijo ni de tu mujer salió nunca una palabra de reproche, un insulto... Bueno, luego dejaron de venir... De vez en cuando, por Navidades, Carmen me enviaba una tarjetita... Hace cuatro años que no sé nada de ellos.

13

*L*A celda era estrecha. Sin ventanas. Olía a sudor y suciedad. Un banco de cemento ocupaba toda la pared. Del techo pendía una bombilla protegida con rejilla metálica. La puerta era de acero y tenía una ventanita que se abría del otro lado.

En la pared, a la altura de las cabezas, una fila de manchas negras recorría toda la celda. El techo estaba agrieteado, y las inscripciones cubrían las paredes. Una de ellas decía: «Madre mía de mi corazón», y otra: «Juro que seré torero».

Tomás, sentado en una de las esquinas del banco de piedra, se retorcía las manos. Miraba el reloj. Dos muchachos marroquíes permanecían muy juntos, en el banco de enfrente. De vez en cuando hablaban entre sí en su idioma. Luego volvían a quedarse en silencio. Un viejo flaco y de barba blanca, vestido con un raído traje de lana azul, observaba a Tomás con mucha atención. El cuarto huésped era un simple borracho que farfullaba frases incomprensibles y que dormitaba, cabeceando.

El viejo se dirigió a Tomás, engolando la voz:

—Dime, muchacho, ¿acaso eres de Málaga? Te pareces a alguien que conocí hace mucho tiempo.

Tomás se encogió de hombros y no contestó.

—Estoy seguro de que han cometido una injusticia trayéndote a este infecto lugar. ¡Dios mío, Dios mío, qué injusticia más grande! ¡Tú eres inocente, hijo mío!

—Sí, soy inocente. No he hecho nada.

—¿Qué burdo pretexto han utilizado contigo, muchacho? Nada más ver tu cara, uno puede darse cuenta de que eres inocente, tan inocente como una palomita del cielo. ¿Verdad, hijo mío?

Tomás se sintió demasiado cansado para seguir la conversación. Pero el viejo continuó:

—El mundo es cruel, hijo mío. Muy cruel. Pero tienes que tener valor.

—Déjeme en paz, por favor.

—Hijo, te comprendo. Entiendo que sientas santa ira... Sí, la santa ira que siente el justo, el inmaculado, cuando se comete una tremenda injusticia con él. Te comprendo, hijo mío, yo también he sido joven y puro.

El viejo se adelantó en el asiento de piedra.

—Mi nombre es Rubén. Rubén Espinosa de los Monteros. ¿Cómo te llamas tú, muchacho?

—Tomás Du... Quiero decir, Tomás a secas.

—No desesperes, hijo mío. Ten fuerza, ten coraje. Adivino en tus facciones que no te falta decisión. La cara es el espejo del alma, ¿lo sabías? Para un buen observador, nunca falla. Tienes cara de honrado y formal.

—Oiga, estoy muy cansado, ayer no pude dormir. ¿Por qué no me deja en paz? Además yo no soy su hijo, no me llame más así.

—Tu padre y tu madre deben estar orgullosos de ti, muchacho. Soy viejo, pero sé distinguir el brillo de nobleza de tus ojos. Perdona a un podre viejo, cansado de las injusticias de este mundo. Ya no sé lo que me digo..., desvarío, digo incongruencias... Ruego que me perdones. Te lo pido de corazón.

—Lo siento, es que estoy nervioso. No he querido ofenderle, señor.

El viejo se atusó las barbas y sonrió. Sus dientes eran grandes y amarillos.

—Soy yo el que te pide disculpas. Es culpa mía por hablar y hablar sin ningún sentido. Este pobre viejo, al que ahora ves tan miserable y zarrapastroso, no hace mucho tenía una familia y era un hombre respetado. Las malas compañías y las injusticias lo han zarandeado por la vida como la ramita de hierba es agitada por la tempestad. Muchacho, desconfía de las malas compañías. Corroen y pudren el corazón peor que el más sutil de los venenos. Pero ¿me estás escuchando, muchacho?

Tomás tenía la cabeza gacha y la levantó.

—Veo que no me escuchas. Creo que tu mente divaga con otras preocupaciones. Tu mente está sumida en hondas disquisiciones. ¿Me equivoco, hijo mío? Y disculpa que te llame así.

—Tengo que salir de aquí. Me tengo que ir. Yo no he hecho nada y tengo que irme. Me están esperando.

—Claro, muchacho, claro. Todos nos iremos muy pronto de aquí. A lo mejor pasamos la noche, pero nada más. Mañana estaremos en la calle. No hemos pecado lo suficiente como para que nos lleven en conducción al juzgado. Ni siquiera paseremos ante su señoría.

—¿Cuándo cree usted que nos dejarán libres?

—¡Ah, si yo lo supiera, hijo mío! Pero, por el conocimiento que me dan los muchos años, te puedo afirmar que mañana por la mañana... Quizá dentro de un par de horas. De tres... Todo depende del carácter del comisario, hijo mío. Creo que todavía no le han pasado las hojas de incidencias. Es él el que decide en estos casos. Podemos decir, sin asomo de exageración, que el comisario es una especie de dios en la comisaría. Ordena la vida de nosotros, pobres mortales. De su decisión depende nuestro inmediato futuro.

Tomás se puso en pie y comenzó a pasear. Su rostro reflejaba una tremenda angustia.

—¡Tengo que marcharme! ¡No puedo pasar la noche aquí!

—Dime, muchacho. ¿Te espera alguien? Da la impresión de que tienes una cita muy importante.

—Sí, tiene usted razón. Me espera alguien. Ya lo creo, y tengo que llegar esta noche. Si no...

—Pide permiso al guardia y llama a esa persona por teléfono. Tienes derecho a una llamada. Quizá esa persona venga a verte y te saque de aquí. Éste no es lugar para un muchacho honrado como tú.

—No puedo llamar a nadie por teléfono.

—¿Por qué? ¿No te sabes el número de tu familia? Estoy seguro, hijo, de que tienes familia: padre, madre, hermanos... Hasta las bestias del campo tienen familia. ¡Ah, la familia, bendita institución!

—Bueno..., claro que tengo familia. Tengo madre y..., bueno, padre... Pero mi padre no tiene teléfono.

—¡Qué mal anda el país, qué anarquía! ¡Todavía hay

ciudadanos sin teléfono, sin mínimas comodidades!... Dime, estimado muchacho, ¿acaso no puedes llamar a tu querida madre? No hay como una madre para consolar el corazón afligido.

—¿Mi madre...? No, no puedo llamarla. No puedo llamar a nadie.

—¿A nadie, estimado muchacho? ¿No puedes llamar a nadie?

—Sí, bueno..., a mi padre. Pero no sé el teléfono. Sé dónde está.

—¡Por mis barbas, qué injusticia más grande! He aquí un infortunado joven que no puede llamar por teléfono a su padre. Pues bien, si salgo antes que tú, iré a avisar a tu padre. Le diré que estás en este infecto lugar, que no se preocupe y que te saque pronto. ¿Qué te parece?

—¿Usted avisaría a mi padre?

—Sí, muchacho. Ya lo creo que lo haría. ¿No dicen las Sagradas Escrituras que tenemos que ayudarnos los unos a los otros? ¿No dicen que tenemos que compadecernos del que sufre en el infortunio?

—Pero hay que..., quiero decir que...

El viejo se adelantó.

—¿Qué, muchacho? No te oigo. ¿Dónde está?

—Bueno..., hay que hacer un viaje, quiero decir que no está muy cerca...

—¿No está en Málaga?

—¿Málaga? ¿Cómo sabe usted que mi padre está en Málaga?

—Muchacho, muchacho, sólo soy un pobre viejo cansado ya de vivir, que desea de todo corazón ayudarte. Mi pobre y miserable alma busca hacer una buena acción.

—Verá, creo que no hace falta que se moleste usted. Se lo agradezco mucho.

—Muchacho, mi querido muchachito, mi alma necesita hacer una buena acción, ayudar a alguien. He hecho tanto mal que necesito imperiosamente hacer el bien. Dime dónde está tu padre y le avisaré.

—Gracias, se lo agradezco, pero...

El viejo alargó la mano y agarró el brazo de Tomás. La mano era huesuda y estaba helada. Tomás no pudo evitar un estremecimiento involuntario.

El viejo bajó la voz y la convirtió en un susurro ronco.

—¿Dónde está tu padre, mocoso de mierda? ¿Dónde?

Tomás intentó deshacerse, pero no pudo. Aquella mano parecía un garfio y le apretaba con fuerza. La boca del viejo hedía a podrido, pegada a su cara.

—Suelte..., suélteme.

—Vas a decirme dónde está, por tu bien.

Tomás intentó mover el brazo, para que el viejo se lo soltara. Pero el viejo se lo agarraba con fuerza sobrehumana, sin dejar de mirarlo.

—¡Oiga, suélteme! ¿Qué está haciendo? ¡Suelte de una vez!

Tomás se contuvo para no gritar. El viejo le apretó aún más y susurró:

—No hagas tonterías y estáte quieto, mocoso de mierda.

Los dos marroquíes se pusieron en pie. Uno de ellos, dijo:

—Eh, oiga, deje de molestar, hombre. Deje o llamo guardia, ¿sí?

Los dos marroquíes avanzaron hasta donde se encontraban Tomás y el viejo.

El mismo que había hablado antes, dijo otra vez:

—¿No me ha entendido? Yo hablar español claro, muy claro. Deje al chico.

El viejo soltó a Tomás, y éste retrocedió. El otro marroquí le sonrió.

—Ven aquí, con nosotros... Ya no molestarte más. Se acabó.

—Moros de mierda, asquerosos —escupió el viejo—, meteros en vuestros asuntos. Iros a vuestra tierra. Venís aquí a quitarnos el pan y el trabajo —lanzó un salivazo al suelo—. Asesinos de Cristo.

Los dos marroquíes llevaron a Tomás a su banco y le hicieron sentar a su lado. Tomás sentía aún la presión helada de la garra del viejo en su brazo.

Los dos marroquíes eran un poco mayores que Tomás y parecían hermanos. Los dos eran muy morenos, sonreían y tenían los cabellos rizados. Tomás se sintió a gusto con ellos, y una enorme paz le invadió.

—Saldremos enseguida, dentro de muy poco —le dijo a Tomás el que parecía mayor—. Comisario nuevo, buena persona, no deja pasar noche aquí. Tú tranquilo.

—¡Así pagan la bondad y las buenas acciones! —farfulló el viejo, y señaló a los marroquíes con el dedo—. ¡No intentéis robar a este muchacho! ¡Anticristos, herejes!

—Con nosotros tú no preocupación. Nosotros no ladrones, nosotros vender cosas por la playa, ¿comprendes?

14

MENÉNDEZ llegó a la entrada del edificio y soltó una maldición. No había ascensor y era un quinto piso. Después de veintidós años en la policía seguía sin tener suerte.

En cambio, Medina, su amigo y compañero de promoción, sí que tenía suerte. Siempre la había tenido. Ya era comisario, estaba destinado en Málaga y seguro que no tendría que subir escalones. Sin embargo, él continuaba en la Brigada de Seguridad Ciudadana recibiendo órdenes. Ya había suspendido tres veces las oposiciones a comisario.

Lo que estaba haciendo era un favor a su amigo Medina. En realidad, aquel trabajo lo tendría que haber hecho cualquier joven inspector de la comisaría del distrito de Vallecas. Pero ese trámite llevaba tiempo y papeleo, y Medina quería algo rápido y contundente. De modo que Menéndez aceptó hacerle el favor.

Llegó al piso y se detuvo, jadeando, hasta que la respiración se volvió normal. Buscó el timbre, sacó su carné profesional y llamó. Antes de que abrieran, se arregló el nudo de la corbata.

Carmen llevaba un vaso de ginebra en la mano. Se apoyó en la puerta.

—No quiero seguros —dijo.

Aún llevaba la ropa de calle. Menéndez le calculó unos cuarenta años. Esperaba encontrar a una mujer diferente. Estaba acostumbrado a interrogar y tratar a las esposas y ex esposas de delincuentes, y casi todas eran iguales o parecidas: mujeres agrias y desapacibles, con ojos de odio. Mujeres que despreciaban a la policía y todo lo relacionado con ella.

Carmen parecía diferente. Tenía aspecto digno y educado. En sus ojos no había odio. Quizás una inmensa tristeza, dedujo Menéndez.

—No vendo seguros, señora, soy... —Menéndez le mostró el carné profesional— ... inspector de policía, señora. ¿Es usted doña Carmen Casanova?

Carmen asintió.

—Quisiera hacerle unas cuantas preguntas. ¿Puedo pasar? No la molestaré mucho.

Notó la indecisión en los ojos de la mujer.

—¿De qué se trata?

—Unos minutitos nada más, señora.

Carmen se apartó y lo dejó entrar.

Menéndez pasó a un saloncito pequeño y modestamente amueblado. Parecía igual que cualquier otro del barrio, excepto por una pequeña biblioteca, que se apoyaba en la pared, tapizada de libros. Nunca, o casi nunca, había visto Menéndez libros en las casas adonde iba a interrogar.

Carmen le señaló un sillón viejo. Ella se sentó en un pequeño sofá desvencijado. No soltó el vaso.

—Llevo casi todo el día esperando hablar con usted, señora. Debe disculpar que venga tan tarde.

—Lo siento, vuelvo muy tarde del trabajo. Soy asistenta por horas y salgo de casa muy temprano —bebió un trago de ginebra—. ¿Quiere usted una copita? No tardaré nada en preparársela.

—No, gracias, señora. Estoy de servicio.

Carmen sonrió con tristeza. Menéndez se dio cuenta de que el saloncito destilaba un aroma de soledad y sufrimiento antiguo, una pátina de noches solitarias y callados reproches.

—Pertenezco a la Brigada de Seguridad Ciudadana y... —añadió Menéndez.

Carmen se levantó del sofá, como impulsada por un resorte.

—¿Qué le ha pasado a Tomás? ¿Le ha pasado algo a mi hijo?

—No, no, señora. No le ha pasado nada, que sepamos nosotros. Quiero hablar con usted de su marido.

Carmen volvió a sentarse en el sofá.

—Ex marido. Hace mucho tiempo que no tengo marido. Exactamente once años y siete meses.

—Eso es. He querido decir ex marido. Verá, usted sabrá que su ex marido fue el cabecilla de un motín en la Prisión Provincial de Málaga y que se fugó, aprovechando el tumulto, disfrazado de funcionario. Alguien le esperaba en la puerta de la cárcel en un coche. Nadie se fijó en el coche. Parece ser que era rojo y, probablemente, con las matrículas falsas. Verá, la policía de Málaga opina que ese cómplice quizá fuera un viejo amigo de su mari..., quiero decir, de su ex marido. ¿Podría usted ayudarnos? Quizá recuerde algún viejo amigo de su ex marido. Cualquier cosa que recuerde nos ayudaría.

—He visto en televisión cómo fue la fuga. Hizo daño a unos funcionarios, creo. Todavía no lo han cogido, ¿verdad?

—No, no, señora. Todavía no. Por eso le estaba preguntando...

—No conocía a los amigos de mi..., de Ricardo. Lo siento, no puedo ayudarles. Nos separamos hace más de once años.

Carmen se levantó bruscamente del sofá. Caminó hasta la estantería de los libros y sacó una botella de ginebra.

Mientras vertía más ginebra en el vaso, dijo:

—Ricardo siempre fue muy listo, mucho..., pero hace daño. Es su temperamento... Destruye todo lo que toca, ¿comprende? Pero antes no era así. Era..., bueno, era muy guapo y muy inteligente y quería prosperar —se sentó de nuevo en el sofá—. Me decía que quería que yo no pasase penurias. Que fuese feliz. Y yo era feliz a su lado, inmensamente feliz. Me daba igual ser pobre o no. ¡Como si eso fuera importante!

—Sabemos que un mes antes del motín, Ricardo Durán envió una carta a esta dirección y a nombre de Tomás Cordón. ¿Sabe quién es?

Menéndez creyó notar un destello de alegría en los ojos de la mujer.

—Mi marido..., quiero decir, Ricardo, cuando nuestro hijo era pequeño solía llamarle Cordoncito, una tontería, sabe. Era como una cuerda nuestro Tomás. Siempre se estaba moviendo. Era muy espabilado, muy alegre. Después se hizo un niño triste.

—Entonces, la carta ha sido enviada a su hijo, sin ningún género de dudas. ¿No es cierto?

—Sí.

—¿Leyó la carta?

—No, pero me acuerdo de la carta, sí, ya lo creo. La recibió Tomás hará un mes, como usted dice, en febrero. Enseguida supe que era de mi mari..., de Ricardo. Nadie que no fuera él podría enviarle esa carta a Tomás.

—Me ha dicho que usted no la leyó, pero ¿sabe lo que ponía, no le comentó nada su hijo?

—Mi hijo no me dejó leerla.

—Veamos, ¿entonces está fuera de dudas que Tomás Cordón..., quiero decir, que Tomás es hijo de Ricardo Durán?

—Es hijo de los dos. No sólo de Durán, como lo llama usted. Es también hijo mío.

—Claro, por supuesto. Es hijo de los dos. Y dígame, señora: ¿puedo hablar con su hijo?

—¿Con Tomás? Pero, señor, Tomás se ha ido con su padre, se ha escapado. Se ha ido con él. Me lo ha dicho en la nota que me dejó ayer.

Menéndez ahogó un grito que pugnaba por salirle del pecho.

—¡Espere un momento! ¿He entendido bien? ¿Ha dicho que su hijo va a reunirse con Durán? ¿Dónde, sabe dónde?

—No, en la nota no me lo decía. Supongo que en Málaga.

—Lo supone, pero no lo sabe.

—Mi hijo me ha dejado, se ha marchado. Eso es lo único que me importa.

—Le dejó una nota.

—Bien mirado, ha sido un detalle por su parte. Lo eduqué muy bien.

—Señora, necesito ver la nota que le ha dejado su hijo. Con su permiso, claro.

—Mi niño ha sido siempre un soñador, un buen chico. Nunca creí que fuera capaz de tener el valor de marcharse solo en busca de su padre...

—Señora, espere un momento. Necesito ver esa nota.

—... siempre ensimismado en sus cosas. Yo le decía: Tomás, hijo, ve a jugar con los otros chicos, diviértete. Pero él... se tiraba horas y horas con la mirada perdida, pensando, ¿sabe? Porque le gusta leer, no hace más que leer. Y es un buen estudiante, pero mi niño, mi niño... es, es... un, un buen...

Carmen rompió a llorar. Sin ruido. Las lágrimas cayeron por su rostro como si se hubiera abierto alguna compuerta secreta. Sólo el leve estremecimiento de sus hombros la delataba.

Menéndez le tendió su pañuelo. Carmen dejó de llorar al instante.

—Discúlpeme, por favor.

—Eh... no tiene importancia. Pero me gustaría que me dejara esa nota que le ha dejado su hijo.

—¿La quiere leer?

—¿Que si quiero? ¡Por Dios, señora, claro que quiero!

—Lo siento, la he roto.

—¿Cómo?

—Pues eso, la rompí. Me enfadé mucho y bebí un poco de más.

—¿Puedo usar su teléfono? Tengo que llamar a Mála-

ga... Por supuesto le abonaré la llamada. ¿Es seguro que su hijo ha ido a reunirse con su padre?
—Eso me escribió en la nota.
—Busque usted los trozos de la nota, señora. Yo llamaré a Málaga. ¿Tiene una foto de su hijo?
—Claro, tenía muchísimas. Pero...
—¿Qué?
—Las he roto todas.
Menéndez se levantó lentamente. Tenía demasiada experiencia en la policía como para no darse cuenta de que aquella mujer le estaba mintiendo.
—¿Dónde está el teléfono?
—No creo que pueda llamar. Lo tengo cortado por falta de pago. Lo siento.

15

De vez en cuando, Clara levantaba los ojos de la novela y se fijaba en el recuadro del balcón. Estaba tan fascinada con lo que leía que necesitaba calmarse y leer más despacio. Se fijó en las copas de los árboles del jardín, que se movían mansamente al rítmo del suave viento, y pensó en Singapur, en el curioso barco que navegaba por los mares orientales en un incierto viaje.

Dejó que las ensoñaciones le invadieran, dilatando el momento en que retomaría la novela.

Pero la puerta del dormitorio se abrió de golpe y Jorge pasó dentro. Llevaba un traje Armani y estaba limpio y peinado con mucha agua. Se acercó al sillón donde se encontraba Clara leyendo. Alargó los brazos para besarla, pero ella torció la cabeza.

—¡Hola, guapísima!
—¿Qué haces aquí?
—Tenía ganas de verte.
—¿Quién te ha dicho que vinieras, mi padre?
—¿Qué lees? ¿A ver? *La línea de sombra*. Conrad..., ¿quién es ése? Oye, ¿no es para niños? Me parece que vi la peli, no estoy seguro. ¿Para qué lees eso?

—Te he preguntado si te ha dicho mi padre que vinieras.

—No seas pesada. Tu padre ha llamado al mío para cosas de negocios, me parece, y de paso me ha dicho que estabas rara. Y la verdad es que estás rarilla, pero te perdono, de verdad. Ya se me ha olvidado lo de ayer en la disco. ¿Amigos?

Clara se encogió de hombros. El chico continuó:

—Venga, Clara. No seas así. No has respondido al teléfono en todo el día. ¿Estás enfadada conmigo?

—No, la verdad es que no.

—Me alegro. Venga, vístete. Nos vamos a ir a cenar a Marbella toda la panda. Después iremos a una disco que inauguran hoy. Se llama Passos, y me han dicho que es fantástica.

—No me apetece salir. Estoy leyendo. ¿No me ves?

—¿Y dices que no estás enfadada? Vamos, tía, no seas rencorosa. Estás aburrida. Cuando uno está aburrido se pone a leer.

—¿Yo, aburrida? Tú eres memo, ¿no? La novela es preciosa y nunca me he aburrido menos. Anda, no fastidies, Jorge.

—Estás leyendo. Eso quiere decir que no tienes nada que hacer. No quieres venir para fastidiarme. Te advierto que tengo montones de chicas a las que puedo llevar, pero te he elegido a ti.

—Muy honrada. Es un honor, pero voy a seguir leyendo. Puedes irte con todas las chicas que quieras.

—Luego te vas a poner celosa.

—¡Qué memo eres!

—Y dale. Luego dices que no estás enfadada. Eres una rencorosa.

—No soy rencorosa y no estoy enfadada. Pero no te confundas: no volveré a salir contigo ni con la panda. Y déjame en paz, vete de una vez.

16

CONDUJERON a Carmen a la comisaría del distrito. Entraron por la puerta trasera y la llevaron directamente al despacho del comisario. El comisario se llamaba Valdés.

Valdés se había sentado frente a ella. Menéndez paseaba.

Estaba diciendo Valdés:

—Está mintiendo, señora. No disimule. Usted lo sabe y nosotros lo sabemos también. Quiero que sepa que a su hijo no le pasará nada. Se lo prometemos. Nos interesa su ex marido, nada más.

—¿Y qué le ocurrirá a Ricardo?

Menéndez habló desde un rincón del despacho:

—Tendrá más condena y le quitarán los beneficios penitenciarios. Ha pegado salvajemente a dos funcionarios de prisiones. En resumen, volverá a la cárcel.

Carmen pensó en el Tío Paquito. En la sonrisa amable de otros tiempos.

—No cogerán a Ricardo. Es muy listo.

Valdés se agitó en su silla.

—¿Por qué Durán ha mandado llamar a su hijo? Debe

de tener infraestructura suficiente para eso... Una casa, dinero, documentación falsa.

—Antes, Ricardo quería mucho a Tomás. Jugaba con él... Pero no lo ve desde que era muy pequeño. Es lógico que ahora quiera estar con él. Aunque yo...bueno, aunque yo me fastidie y me quede sola.

Se acordó de la antigua casa del Tío Paquito. La casa de la carretera que utilizaba de vez en cuando. Era muy bonita, pero estaba al lado de la carretera y el ruido de los coches no la dejaba dormir. Tomás jugaba con los pajarillos mientras ella iba a visitar inútilmente a Ricardo a la prisión: Ricardo no quería nada con ella ni con su hijo. Se negaba a hablar.

Le dijo Menéndez:

—No ayude a su ex marido, señora. La dejó a usted cuando su hijo tenía cinco años, nunca le ha enviado dinero. ¿Por qué le ayuda?

Valdés sonrió, amistoso.

—No es lógico que un estafador, un maleante como Ricardo Durán quiera estar con un muchacho. Lo siento, pero no me cabe en la cabeza.

—Quizá, a su manera, Ricardo nunca ha dejado de querer a nuestro hijo.

Valdés dio una palmada sobre la mesa.

—Señora, Durán es peligroso. Puede haber tiros, violencia. Su hijo puede resultar herido. Díganos dónde se esconde Durán, alguna pista, señora. Así su hijo no sufrirá ningún daño.

Menéndez se acercó por detrás.

—Durán fue el responsable de la muerte de siete personas y de las heridas de un montón. Es un canalla, una hiena. Ese hombre no debe estar en libertad.

Valdés insistió:

—¿Dónde está su hijo? Usted sabe que se esconde con Durán, señora. Y sabe también dónde está Durán, estoy seguro. Debe decírnoslo. ¿Por qué se calla? No le debe nada a ese canalla.

La voz de Carmen era casi un susurro.

—No..., no sé dónde se esconde Ricardo. No lo sé.

Ella pensó: «¡Qué curioso! Ricardo ha ido a parar a Nerja, donde íbamos a pasear cuando éramos novios».

Menéndez volvió a pasear por el despacho.

—A Tomás no le pasará nada. Lo traeremos con usted, a casita. Volverá a vivir con usted.

—Eso se lo garantizamos. Le daremos a usted la patria potestad de su hijo.

Menéndez se situó al lado de Valdés.

—Señora, usted vivió en Málaga muchos años. Tuvieron amigos comunes. ¡No me diga que no conoce a ningún amigo de Durán!

—No, no conozco a ningún amigo. Sólo a Sandoval. Ese sinvergüenza de Luis Sandoval. Él corrompió a Ricardo. Llegamos a tener un chalé no lejos de Sandoval. ¿Por qué no buscan en la casa de Sandoval? A lo mejor lo tiene escondido.

Valdés miró a Menéndez.

—¿Sandoval?

—Sí, Sandoval. El hombre más corrompido que conozco.

—¿El financiero don Luis Sandoval? —preguntó Menéndez.

—Sí, ése. Es un cerdo.
—Imposible —dijo Valdés.
—¿Quiere tomar algo, señora, un café..., un bocadillo, cualquier cosa?
—¿Pueden darme algo un poquito más fuerte? —respondió Carmen—. Hablar tanto de Ricardo me ha dado sed.

17

*P*EDIR limosna no parecía demasiado difícil. Consistía en poner cara triste y alargar la mano. Algunas veces, Tomás lo había visto hacer a los chicos de su barrio, durante las largas tardes de aburrimiento, cuando entre todos no lograban reunir ni para un par de litronas de cerveza.

La pandilla se situaba en la puerta del metro, y los más espabilados pedían dinero a los viajeros que salían y entraban. Solían decirles que era para completar el precio del billete, y la gente picaba. Con el dinero que recogían se compraban litronas. Después se las bebían entre risas y gritos.

Tomás no participaba en el juego. En realidad no participaba en nada. Era un cero a la izquierda. Lo aceptaban, pero nada más. Si había que reírse, Tomás se reía, y si había que correr, pues él corría. Hacía lo que hacía el grupo, con el vano empeño de ser como ellos.

Había domingos en los que se sentía tan solo que bajaba a la calle a reunirse con ellos. Sabía que nadie le hacía caso. Nadie se percataba de su presencia. Estaba con ellos, pero sin llegar a estar del todo. Luego, a la hora de la cena,

Tomás se marchaba lentamente a su casa, y nadie daba muestras de querer verlo otro día ni de sentir su ausencia.

Pero ahora tenía que pedir de verdad. No como los colegas de su barrio para comprar litronas. Necesitaba trescientas sesenta pesetas para comprar el billete a Nerja. Era una cantidad ridícula, pero que se había convertido en una fortuna inalcanzable.

—Señora, por favor. ¿Podría darme algo para coger el autobús?

La mujer llevaba un traje estampado, era gorda. Rebuscó en su monedero. Le dio una moneda de veinticinco.

—Muchísimas gracias, señora— respondió Tomás.

Una pareja de novios se hablaba al oído. La chica llevaba calcetines de lana y una bolsa negra de plástico.

—Buenas noches, perdonen. ¿Me podrían dar algo, por favor? Es para ir a Nerja. Se lo pido por favor.

La chica le dio rápidamente una moneda de cien pesetas, como si se avergonzara. Se fueron rápidamente. Tomás no pudo darles las gracias.

Tomás comenzó a animarse. La alegría le hizo olvidar todo lo que le había pasado.

Poco después, un muchacho con el pelo rapado y una bolsa militar le dio cuarenta pesetas y le deseó suerte. Tomás le dio las gracias con efusión. La vida era bonita.

El último autobús a Nerja salía a las ocho cuarenta y cinco. Tenía media hora para reunir el dinero que le faltaba. Doscientas pesetas. Estaba seguro de que dentro de hora y media vería a su padre. El viaje estaba a punto de finalizar.

De pronto, la gente a la que se acercaba comenzó a no hacerle caso. Ni siquiera le miraban. Cuando se aproximaba a ellos y les pedía, daban un rodeo. Seguían su camino.

Quizá fuera su actitud demasiado ansiosa, dedujo Tomás. A lo mejor, el nerviosismo que destilaba su persona. Quizá su aspecto sucio y cansado, después de tirarse un día entero en una de las celdas de la comisaría.

Tomás decidió que tenía que mostrarse simpático y despreocupado. Como los chicos de su barrio. Que no se tradujera la tensión de sus ojos, la angustia soterrada de cada uno de sus gestos.

Tres hombres, con pantalones cortos, caminaban despacio, charlando sobre ordenadores, según entendió Tomás. Dos de ellos prestaban mucha atención a uno que llamaban Luis. Tomás se fijó bien. Parecían amigos. Los dos mayores, de parecida edad que su padre. El que hablaba de ordenadores, un poco más joven. Uno de los mayores llevaba barba con vetas blancas; el otro, gafas redondas y bigote.

—¡Hola! —exclamó Tomás—. ¿Podéis darme para el autobús, tíos?

Se arrepintió al momento de lo que había dicho.

Los hombres lo miraron con atención. Como si se tratase de un bicho raro.

El del bigote dijo:

—El tercero que nos pide hoy, ¿no, Rapaport?

—El cuarto, ché. Y le voy a decir lo mismo que les he dicho a los otros. Se acabó la guita. ¿No te lo decía, Luis?

—¿Habéis visto? Se cumplió la estadística —dijo el más joven.

Se marcharon. Tomás se quedó clavado en el sitio sin saber qué hacer. Dirigió la mirada a izquierda y derecha y vio el autobús de Nerja, que se encontraba en el andén. Un autobús rojo. La mayor parte de los viajeros estaba dentro. Observaban por las ventanillas el trajín de la estación.

Tomás se acercó al chófer. El chófer miraba al vacío con los codos apoyados en el volante. Era un hombre fuerte, de brazos peludos.

Tomás cambió de táctica. Procuró parecer humilde. Se acercó a la ventanilla. Sonrió de oreja a oreja.

—Disculpe, señor, buenas tardes —el chófer le observó desde arriba con expresión ceñuda—. Perdone que le moleste, pero tengo sólo ciento sesenta pesetas, ¿podría ir a Nerja? Mi padre me está esperando en la parada y le pagará lo que falta, se lo juro.

El chófer continuó mirándole. No cambió de expresión. Tomás repitió:

—Mi padre le dará lo que falta, las doscientas pesetas.

Metió la mano en el bolsillo. Sacó las ciento sesenta y cinco pesetas.

—Tómelas, señor, por favor.

El chófer volvió a dirigir la mirada a la lejanía.

Tomás se quedó unos instantes indeciso. Aguardaba alguna señal. Algo que le indicara que el chófer le había oído. Pero el chófer no dijo nada.

Tomás dio la vuelta al autobús y entró.

—¡Señores, buenas tardes! —cinco o seis rostros se volvieron hacia él—. ¡Me hacen falta doscientas pesetas para ir a Nerja! ¡Les ruego que...!

El chófer saltó de su asiento. Agarró a Tomás del cuello. Sus palabras destilaban odio.

—¡Si no te vas ahora mismo te mato, golfo de mierda! ¡Largo!

Lo empujó. Tomás trastabilló. Estuvo a punto de caerse al suelo. El macuto le desequilibró. Alzó el puño en dirección al chófer.

—¡No tiene por qué hacerme eso! ¡Yo no he hecho nada!

—¡Que no te vuelva a ver por aquí o llamo a la policía, gamberro!

Tomás se alejó unos pasos.

—¡Cerdo, yo no he hecho nada!

—¡Golfo, deja que te agarre! ¡Sinvergüenza!

El chófer hizo ademán de descender del autobús. Tomás salió corriendo. Atravesó los andenes. Se dirigió al vestíbulo principal.

La gente caminaba portando maletas y bultos. Se situaba ante las taquillas para sacar los billetes. Iba a las cafeterías. Tomás se mezcló entre la multitud.

Una mujer elegante, con un liviano bolso de mano.

—Disculpe, señora...

La mujer apretó el bolso contra el pecho. Retrocedió.

—¡Qué, qué! —exclamó.

—... necesito doscientas...

La mujer abrió la boca, a punto de gritar. Con el bolso apretado al pecho, dio la vuelta y se alejó a paso rápido. Tomás fue detrás.

—¡Señora, no tenga miedo, señora, por favor!

La mujer se dirigió derecha hacia un corpulento vigilante de seguridad que charlaba con la chica del quiosco de prensa. Tomás se detuvo y miró a su alrededor, buscando a alguien. El primero que pasó por su lado era un viejo con un bastón.

—Señor, tengo que coger el autobús a Nerja. ¿Puede darme algo, por favor?

El viejo le miró con simpatía. Tenía unos ojillos estrechos, rodeados de arrugas. Su rostro era moreno, curtido por el sol.

—¿No tienes dinero, muchacho? —le preguntó.

—No, señor, no tengo.

—Vaya, vaya... ¿Y adónde tienes que ir?

—A Nerja, tengo que ir a Nerja, mi padre me está esperando.

—Acabo de despedir a mi nieto; él también se va a Nerja. A la juventud le gusta Nerja, ¿verdad?

—Sí, sí, señor. ¿Puede darme algo? Doscientas pesetas, señor. Es lo que me falta. Se lo agradecería mucho.

El viejo se metió la mano en el bolsillo del holgado pantalón y sacó trabajosamente una enorme cartera sujeta con un elástico. Las manos le temblaban.

—¿Doscientas...? Me parece que no tengo suelto.

Los nervios corroían a Tomás.

—¿No... no tiene suelto? Doscientas... Sólo doscientas.

El viejo ató la cartera y se la guardó. Comenzó a registrarse los bolsillos.

—Vamos a ver..., tengo...

Un puñado de monedas relucieron en su encallecida mano. Tomás tragó saliva. El viejo empezó a contar duros y monedas de veinticinco.

—... setenta y cinco..., ciento veinticinco...

Una voz tronó a sus espaldas.

—¡Eh, tú, está prohibida la mendicidad!

Era el corpulento vigilante. Le dijo:

—Fuera... Fuera o te llevo a la comisaría.

Se dirigió al viejo.

—Usted guarde su dinero, señor. Todos estos son mangantes y drogadictos. Se lo va a gastar en droga, seguro.

—¡No, no, señor! ¡Voy a Nerja a ver a mi padre! —exclamó Tomás.

—¡Qué va a ser un maleante! Quiere ir a Nerja, como mi nieto. Le falta dinero. —manifestó el viejo.

Tomás, angustiado, al vigilante:

—El autobús está a punto de salir. Se lo suplico, deje que me preste doscientas pesetas.

El viejo tenía el dinero en la mano. Un montón de monedas.

—Mira, justo doscientas, muchacho.

El viejo tendió las monedas. El vigilante empujó a Tomás. Tomás no pudo cogerlas.

—¿Es que no me has oído? ¿Quieres que te muela a palos, chulo? Te vas a ir ahora mismo de aquí. Y que no te vea más. A los de tu calaña los tengo ya muy vistos.

El vigilante, al viejo:

—Y usted, abuelo, guarde su dinero; la mendicidad está prohibida en Málaga. Además, ese golfo ha estado molestando a una señora.

Tomás:

—¡Yo no he molestado a nadie! ¡Le he pedido por favor que...!

No pudo terminar la frase. El vigilante lo agarró del brazo.

—Ya me has cansado, vamos para la comisaría, chulo.

Le empujó. El peso del macuto le hizo perder el equilibrio. Cayó al suelo.

Tomás le gritó:

—¡Cerdo!

El vigilante intentó patearle. El viejo se lo impidió.

—¿Qué es lo que va a hacer usted? Este muchacho no estaba haciendo nada. No lo tire usted al suelo ni le pegue. ¡Qué barbaridad!

Un grupo de gente se arremolinó alrededor.

El vigilante chilló:

—¡Es un golfo, un mangante! ¡Los conozco a todos! ¡Piden dinero para drogas!

Tomás rodó entre las piernas de los presentes. El viejo seguía discutiendo con el vigilante.

—Le digo que no ha querido robarme. Me ha pedido dinero el pobre muchacho.

—¡Ustedes son culpables de que haya tanta mendicidad en Málaga! ¡Fíjese qué imagen damos al turismo!

—¡Usted le quería pegar! ¡Lo he visto!

—¡Hay que llevarlo a la comisaría!

Tomás corrió por el vestíbulo. El autobús de Nerja salía de la estación.

Corrió tras él. Agitó las manos. Gritó:

—¡Pare, pare, por favor!

El autobús se perdió calle abajo. Tomás se sentó en el bordillo de la acera, jadeando. Las lágrimas querían salirle fuera.

18

*L*OS faroles del Paseo Marítimo estaban encendidos. Detrás de Tomás, entre los edificios altos y el final de la bahía, el mar despedía destellos plateados. Sus zapatillas de deporte llevaban un ritmo uniforme, descansado, muy rápido.

Tomás caminaba en dirección a una barriada llamada El Palo. Seguía la Carretera Nacional 340 a Almería. Nerja estaba a cincuenta kilómetros. Ya era la segunda vez que hacía ese camino. La gasolinera a la que quería llevar a Clara se encontraba a unos cuatro kilómetros. Media hora caminando.

Qué lejos quedaba Clara, y el bocadillo de queso, y aquellos policías que le detuvieron... Parecía como si todo eso le hubiera ocurrido años atrás. Sin embargo, apenas habían pasado catorce horas.

Tomás intentó visualizar el rostro triangular de Clara. Cuando lo tuvo en su mente pensó en ella. En la luz que chisporroteaba en sus ojos, en el suave arco de las cejas, en los pómulos levemente abultados. De nuevo la vio correr, gritándoles a los coches. La había tenido en sus brazos, había olido su cabello y había sentido la presión de su cuerpo.

Era mejor no pensar en ella. Nunca la volvería a ver. Él se marcharía con su padre lejos, muy lejos. Y allí habría otras chicas, sin duda. Y pasarían los años. Él se haría mayor. Se olvidaría de ella. Pero algunas veces se acordaría de aquel momento, de aquella chica, eso seguro. Se acordaría del instante en que se durmió en su hombro.

Ése sería el mejor recuerdo, el que quizá nunca olvidase. Esa imagen quedaría siempre en su memoria.

Al lado de Tomás pasaban corredores. La noche caía. Las farolas trazaban un camino iluminado alrededor del mar.

Un mercante gris oscuro entró en el puerto haciendo sonar la sirena. Tomás pensó en países lejanos, ciudades extrañas. En su padre. Pensar en su padre le hacía caminar más aprisa, con más brío.

Un hombre pálido, con bigotes, pelaba una manzana con una navaja, apoyado en la barandilla del Paseo Marítimo.

Tomás pasó a su lado. El hombre le dijo:

—Perdona, chaval. ¿Tienes hora? Se me ha estropeado el reloj.

Tomás se detuvo.

—Las nueve y media.

No vio la navaja. Algo puntiagudo se le clavó en las costillas. El hombre sonreía, pero sus palabras no fueron alegres.

—Ahora, guapo, vas a ir hacia ese coche muy despacio, ¿entiendes? Muy despacito.

El hombre señaló un coche sucio que esperaba al borde del paseo con el motor encendido.

—No... no tengo dinero.

Lo agarró con fuerza del brazo y le empujó hacia el coche. No dejaba de sonreír.

—Pórtate bien o te clavo el baldeo, ricura. Ahora, muy despacito. Eso es.

La puerta del coche se abrió, y la visión fugaz de alguien conocido se cruzó en la mente de Tomás. Alguien con barba blanca.

Alguien que le sonreía con bondad.

—¿Me has traído un regalito, querido Berto, socio y amigo?

El viejo que había estado con él en la celda de la comisaría le golpeó en el oído. Algo le estalló dentro de la cabeza. El viejo le empujó al sillón y el coche comenzó a moverse. La mano helada del viejo le apretó el cuello. Las sienes comenzaron a latirle con fuerza. Pataleó, pero la garra fuerte y helada se le había incrustado en la garganta. No podía respirar.

—Cuidado, Rubén, cuidado. No te lo cargues. Ponle el éter, el éter... Que te lo cargas —dijo Berto.

El viejo le abofeteó varias veces. Su mano parecía de hierro. Le mostró los dedos de la mano derecha. Dedos renegridos, de uñas negras.

—¿Dónde está Durán? ¿Dónde? ¡Voy a sacarte los ojos!

19

*L*A casa la tenía en El Candado, ¿sabe usted? En la calle Cuevas de Menga. Una de las urbanizaciones mejores de Málaga: piscina, césped, porche... ¡Cómo vivía Durán!

—Claro —respondió Medina—, robando el cemento de las casas pobres que construía Sandoval. Seguro que su chalé tenía de todo.

Gómez consultó un pequeño cuaderno.

—Hemos hablado con Heriberto Doring: hoteles, financieras, concesionarias... Pared con pared con el antiguo chalé de Durán, muy cerca del chalé de Sandoval. Y resulta que no son amigos, que apenas si se conocían. Huyen de Durán como si fuese un apestado. Pero me han dicho algo interesante, señor comisario.

Medina aguardó. Los ojos se le cerraban de cansancio. Tenía que hacer esfuerzos para no dormirse.

—Durán se relacionaba con gente baja, y digo lo que me han dicho: gente baja. Yo pensaba que ya nadie decía eso. Bueno, me dijeron que iba a verlo un viejo que llevaba una jaula de pajaritos, un tío pintoresco. Los vecinos piensan que era una especie de jardinero o algo así.

Gómez se abanicó con el cuaderno.

—Esto es una aguja en un pajar, señor comisario. Estamos tres hombres detrás de un viejo que tiene una jaula grande con pajaritos. ¿Usted cree de verdad que Durán sigue en Málaga?

—¿Dónde se esconde el ratón? En la cola del león. Es un proverbio árabe. Creo que sigue en Málaga.

—Seguiremos dando vueltas. A sus órdenes.

Gómez salió del despacho, y Medina apretó el interfono. Gómez abrió la puerta otra vez.

—¿Se me ha olvidado algo, señor comisario?

—No, llama a mi mujer: dile que esta noche tampoco puedo ir a casa, que me prepare ropa limpia, que alguien irá a por ella —dudó unos instantes—. Que no se preocupe por nada.

Aguardó. Gómez le miraba fijamente, sin moverse.

—¿Lo has entendido?

—Sí, señor comisario. Que llame a su mujer, que no se preocupe, que va a quedarse aquí y que prepare ropa, que iremos a por ella.

Medina asintió.

—Voy a dormir aquí, sobre el sofá. No me paséis ninguna llamada en tres o cuatro horas, a no ser que sea importante. ¿Entiendes?

—Claro que sí, señor comisario. ¿Quiere que le suba algo de comer del bar? ¿Cafelito?

—No, no tengo ganas... Ah, si llaman de Madrid me despertáis, aunque no parezca importante. ¿Quién tiene el turno de mañana?

—Peláez, comisario.

—Vale, otro que tampoco va a dormir. Estamos buenos.

—A sus órdenes.

Gómez se marchó, y Medina se levantó de la mesa y paseó por el despacho. Su rostro estaba desencajado y tenso, envejecido.

Se detuvo frente a la foto ampliada de Durán.

Había encontrado un punto flaco en Durán, una fisura, y se iba a aprovechar de ella. La gente no era compacta, no estaba hecha de una sola pieza. El ser humano es contradictorio, mezcla de bien y de mal. Medina sabía por experiencia que curtidos criminales, hombres sin escrúpulos, capaces de matar a sus propias madres, podían amar hasta la locura a su perro o a un gatito.

Y, al revés, hombres de convicciones morales firmes, honrados padres de familia, eran capaces, en determinadas circunstancias, de comportarse como criminales.

La línea divisoria entre la honradez y la criminalidad es delgada y se puede cruzar casi sin querer. Y eso Medina lo sabía.

Se sentó en el sofá, pensativo, y se quitó los zapatos.

Antes de tumbarse ya se había dormido.

Cayó en un sueño pesado, lleno de pesadillas en las que se mezclaban él, su padre, Durán y su hijo.

Su padre le pegaba con la correa, ciego de ira, y su madre lloraba sin poder evitarlo, suplicándole que dejara al chico, que era aún muy pequeño, que le hacía daño. Y Durán contemplaba la escena con una mueca de ironía mientras abrazaba a su hijo, que tenía el rostro de él mismo, de Medina, cuando era muchacho.

En el sueño, su padre le hacía daño, ya lo creo. Mucho

daño. Pero no era el dolor físico el que más le importaba a Medina: era la marca que esos golpes dejaban en su alma. El odio y el desprecio que sentía por su padre y que no podía evitar.

«¡Padre, no me pegue usted!», suplicaba Medina en el sueño. «¡No lo quiero odiar, padre, quiero quererlo mucho, padre, por favor!».

«Tú no quieres a nadie», le contestaba su padre, también en el sueño. «Sólo te quieres a ti mismo, y te pego por tu bien, para que no seas un delincuente».

«¡Padre, padre, por favor! ¡Nos están mirando! ¡No me pegue más!».

Durán se reía a carcajadas, burlándose de él, mientras apretaba a su hijo, ese Tomás, que también se reía de él. Eran carcajadas hirientes, despreciativas.

Medina se despertó bañado en sudor y contempló su reloj de pulsera. Apenas había dormido media hora y se sentía aún más fatigado que antes.

«Necesito dormir, necesito descansar, estoy teniendo alucinaciones. Lo suplico: dos horas de sueño, aunque sean dos horas nada más. Me volveré loco».

Cerró los ojos e inmediatamente volvió a dormirse.

20

*E*L despacho de Moreno estaba decorado en tonos verdes y marrones. En una zona de la pared estaban enmarcados los diplomas y la licencia de investigador privado. Dos ventanales cerrados daban a la calle Puerta del Mar. Moreno solía decir que cerraba las ventanas para que no entrara el humo de la fritanga de la churrería de abajo.

Chaves miraba a la calle. Zorita y Vicente se habían sentado en el sofá de *skay*.

—Hoy día se puede escuchar prácticamente todo. ¿Has oído hablar de los micrófonos direccionales? Bueno, pues ríete de ellos. Ahora hay dispositivos con rayos láser invisibles que localizan el objetivo a medio kilómetro; lo único que tienes que hacer es apuntar bien y seleccionar. Los micrófonos del tamaño de botones, o más pequeños aún, se han quedado anticuados. Cuando hice el cursillo en Alemania los vi; son increíbles. Los tienen el Mossad israelí y la CIA, aparte de los alemanes, claro. Hoy día puedes escuchar la conversación que quieras, por mucho que se escondan o que utilicen barredores de frecuencia.

Chaves observaba el trajín de la calle, aparentemente sin prestar atención.

—Me ha costado la leche en bote, pero lo he conseguido, je, je, je.

Chaves se volvió.

—Entonces ponlo para que lo oigamos.

—Bueno, verás, Chaves: he escuchado la cinta, sabes. No es que yo sea curioso, pero ya ves. Era inevitable —miró a Zorita y a Vicente—. Y es muy gordo, pero que muy gordo. Ese tío, Durán, el fugado, le pide cincuenta kilos más a Sandoval y me he enterado...

—¿Que el señor Sandoval paga diez kilos por la cabeza de Durán? —interrumpió Zorita—. ¿Era eso lo que ibas a decir, Moreno?

—Je, je, je... Es mucho dinero, mucho, y yo he hecho un buen trabajo por doscientas cincuenta de mierda. Quiero decir, Chaves, que si lo que yo he hecho lleva a trincar a Durán, pues algo de esos diez kilos me tendré que llevar, ¿no?

Chaves se acercó a Moreno.

—Me parece muy bien. Es justo. Pero antes vamos a ver lo que has conseguido.

Zorita se puso en pie.

—¡Eh, jefe, un momento! ¡Este gordinflón no entra en el reparto!

—¡Cállate! —Zorita se volvió a sentar—. Te llevarás tu parte, Moreno. Pero vamos a ver lo que has hecho. No tenemos mucho tiempo.

—No está como a mí me hubiera gustado, pero en fin..., algo se escucha.

—No te insultes a ti mismo, Moreno. Eres muy bueno,

eres el mejor. Y no necesitamos una grabación perfecta; con tal de que se oiga, me conformo.

Moreno pulsó el botón y volvió a rebobinar la cinta. Ralentizó el paso al mínimo y subió el volumen. El despacho se llenó de ruidos estáticos aumentados.

Moreno sonrió.

—Diez millones entre cuatro: nos toca a dos y medio cada uno, je, je, je. Vosotros os cargáis a Durán y yo hago el aspecto técnico. División social del trabajo y todos amigos, ¿no, Chaves?

—Claro, todos amigos.

—La he limpiado bastante y he fijado la base magnética, pero aún falta. Vamos a ver si escuchamos algo.

Chaves se apoyó en la mesa y prestó atención. Una especie de murmullo ronco comenzó a oírse de la cinta recién limpiada.

—¿Qué es eso?

—Parece una canción, pero es pronto para...

Chaves le hizo callar con un gesto.

La voz cavernosa que había surgido de la cinta se alzaba y descendía de intensidad hasta hacerse audible.

«... peLAdiLLas... MELOS...»

—Te lo dije, todavía es pronto.

—¡Calla!... Escucha, ¿no es un pregón?

—¿Un pregón?

—Cuando yo era niño, los vendedores ambulantes pregonaban su mercancía cantando. Déjame oír un poco más.

—¡Sí, jefe, es un pregón! —exclamó Zorita—. Vende chucherías para los niños.

«... venDE... QUITO... CARAmelos...»

El rostro de Chaves brillaba de excitación. Zorita y Vicente se adelantaron en el sofá para oír mejor.

—Durán grabó la cinta en un lugar donde alguien, a lo lejos, cantaba un pregón, un viejo pregón— abrazó a Moreno—. Muy bien, tío, muy bien. Con esto es suficiente, vamos a pescar a Durán.

—Dos kilos y medio a cada uno, ¿eh, Chaves?

—Por supuesto.

Chaves extrajo del cinturón un revólver plateado, de caño corto, lo aplicó a la sien de Moreno y disparó. Moreno no tuvo tiempo de asombrarse. Salió despedido hacia atrás y cayó en el sofá al lado de Vicente. Éste y Zorita se levantaron de golpe.

—¡Dios, qué es esto, Dios mío! —exclamó Vicente.

—Jefe... —dijo Zorita—, ¿por qué lo ha hecho?

—Si te lo tengo que explicar no merece la pena.

Chaves se guardó el revólver, cogió la cinta del magnetófono y se la guardó también.

—Ahora vamos a limpiar un poquito las huellas. No lo descubrirán hasta mañana o pasado. Su mujer está en la maternidad. Ha debido ser un ajuste de cuentas, ¿no? Moreno era un trapisondista, tenía muchos enemigos y a este edificio viene mucha gente.

—El jodío quería dos kilos y medio —dijo Zorita.

—Creo que voy a vomitar —añadió Vicente.

—No se te ocurra —le dijo Chaves—. A lo mejor, pasado mañana, cuando Durán ya esté muerto, tenemos que hacer la investigación.

21

COMISARIO, comisario, despierte.
Medina se incorporó en el sofá.
—¿Qué, qué... pasa, qué ocurre?
Gómez y otro policía uniformado estaban en el despacho.
—Comisario, disculpe, pero usted dijo que le despertáramos si había algo..., bueno, algo importante.
El despacho le daba vueltas. Medina intentó fijar la vista en Gómez. El rostro de Gómez se desdibujaba.
—¿Qué pasa, Gómez?
—Verá, comisario, se trata de Requena...
—Con su permiso, comisario— dijo Requena.
—¿Qué es lo que pasa? Decídmelo de una vez.
Requena se adelantó unos pasos.
—Es que... Es lo del chico ese, el hijo de Durán. Lo he visto en la foto ésa que han distribuido, señor comisario. Yo ya he terminado mi turno, me iba a ir a mi casa porque mi señora...
Medina se puso en pie y se dio cuenta de que estaba

descalzo. Volvió a sentarse y se puso los zapatos. Colocó las manos abiertas en el borde del sofá para no caerse.

—Abrevie, ¿qué es lo que quiere decirme?

Requena se mordió los labios.

—Lo trajeron esta mañana, señor comisario. Fue la patrulla de Zorita y el Vicente, dijeron que lo vieron por la carretera con la hija del señor Sandoval y que le pidieron la documentación... Sospechaban de él... Iba mal vestido y con el pelo largo y..., bueno, dieron el parte de resistencia, ¿no?, de que el chico ese se puso chulo y quiso pegarle a Zorita. Eso dijeron en el parte, claro, y yo, pues...

Medina se tambaleó hacia la mesa y se apoyó. Tenía que fijar la vista en algo que no se moviera para que acabaran los mareos y la sensación de que se deslizaba por una pendiente.

—... no me lo tomé muy en serio, porque, claro, uno conoce a Zorita, ¿no? Pero, claro, verá, señor comisario, quise asustar un poco al chico, para que tratara con respeto a la policía; no se puede ir por ahí tratando a la policía sin respeto; y ni siquiera le tomé declaración, ni nada. Pensé que si me lo dejaba un tiempo en celdas, pues aprendería para el futuro... Un escarmiento. Eso fue lo que pensé y lo registré como alboroto, nada de agresión a fuerza pública, señor comisario, y lo dejé salir a eso de las ocho y media y...

Medina se dio la vuelta.

—¡Deje de decir sandeces! ¡Qué ocurre! ¿Por qué me habéis despertado?

—El hijo de Durán ha estado en la comisaría.

—¡Qué!

Requena, asustado:

—Lo trajeron esta mañana, señor comisario.
Gómez, de nuevo:
—Él no sabía nada, comisario. Pero era el hijo de Durán, comisario. Tomás Durán, el que tiene el busca y captura, ha estado aquí, en comisaría.

22

*E*L coche de Rubén era viejo, casi para el desguace, de color rojo sangre. Berto conducía. Pasaron frente a la casa, en la bifurcación de Nerja, en dirección contraria. Las persianas de la casa estaban bajadas, y la puerta, cerrada. Parecía una casa deshabitada.

Rubén llevaba en la mano la carta de Tomás.

—¿Es ésa la casa?— preguntó Berto.

Rubén consultó la carta.

—Bifurcación... Sí, ésa es. Tiene que ser. No hay otra. Da la vuelta donde puedas y pasa otra vez.

Los ojillos de Rubén brillaban de excitación. Berto añadió:

—Vamos a andarnos con cuidado. Durán nos puede ver. Y tiene artillería, eso seguro. Y nosotros no. ¿Qué hacemos, compay?

—Tengo una idea, brillante como todas las mías, claro está.

—Yo tengo otra. Nos buscamos armas y entramos a tiros. Quiero ver la jeta de Durán con varios agujeritos.

—Estimado socio, es gratificante que pienses en la acción. Tu temperamento te lo ordena, pero yo no soy un hombre de acción. No soy un héroe. En mi jardín, cuando era importante y todo un caballero, pastaban los héroes. No quiero que me mate Durán.

—Vale, muy bien. Pero todavía no me has dicho en qué piensas.

Doblaron donde paraba el autobús. Continuaron en dirección contraria. Pasarían casi por la puerta de la casa otra vez.

Berto insistió:

—Chingón, dijeron diez kilitos por el cuerpo de Durán. Tenemos que matarlo. Si no lo matamos, ¿qué? No valen gaitas.

Rubén se atusó las barbas blancas.

—Estimado socio y amigo, la recompensa es por matar a Durán, de acuerdo, me rindo a tu inteligencia caribeña. Ahora bien, piensa un poco, si puedes, querido amigo. Utiliza el cerebro. Figúrate que hablamos con Chaves y le decimos: querido Chaves, estimado policía, tenemos al hijo de Durán y sabemos dónde se esconde su querido padre y aquí está la carta como prueba de que no mentimos, pero...Y ahora, estimado cubano, viene lo importante...

Berto se volvió, furioso:

—¡No jodas más y dilo de una vez!

—Le diremos a Chaves: queridísimo amigo, que diez kilos nos parecen poco. Somos hombres de mundo, acostumbrados al lujo y la molicie, pero somos también listos. De modo que, querido Chaves, tienes que parlamentar con el gran Sandoval... Te damos el lugar donde se esconde Durán por veinte millones. Diez para cada uno, cubanito. ¿No soy un genio?

—¡Qué pendejo eres, chingón! ¡Eso sí que es bueno, diez para cada uno!

—Sí, soy un genio, lo reconozco. Y llevo la felicidad por doquier. Le pediremos a Sandoval otros diez kilos más y no tendremos que andar a tiros con Durán.

—Y que se dé prisa Sandoval... Oye, viejito, ¿qué hacemos con el muchacho?

—El chico está muerto.

—No, me parece que aún no. Aunque eso mismo se lo hacíamos a los comunistas castristas, allá en Cuba, y palmaban enseguida.

Pasaron por la puerta de la casa y Rubén se agachó.

—Durán me conoce, toda precaución es poca.

—Derechos a comisaría a buscar a Chaves. ¡Yujuuuu!

—Debemos celebrar nuestra inteligencia y nuestra suerte, cubanito; por lo tanto no hay que pisar la comisaría. Ese lugar infecto me produce repelús.

23

*P*UÑALES NEGROS era la copla que más le gustaba cantar a Celeste Mendoza, alias *Celeste de España* o la *Reina del cuplé de la Costa del Sol*, como también le gustaba llamarse.

Celeste nunca veía al público. Para ella la gente era una masa oscura y sin forma que hacía ruido y que, a veces, aplaudía. Después de tantos años de bailar y cantar en un escenario, Celeste intuía a la gente. Sabía si el local estaba lleno o vacío, y hasta qué mesas se ocupaban. Era también capaz de adivinar el estado de ánimo de la clientela por el rumor que producían sus voces y sus risas.

Aquella noche apenas había público en el Pájaro Azul. Últimamente acudía cada vez menos gente. Antes, cuando ella era joven y la gente parecía tener más ganas de divertirse y más dinero, el local se llenaba, y el humo de los puros y el ruido de los vasos y las copas competían con sus canciones y la música de la orquesta.

Mientras cantaba siguiendo al tocadiscos, Celeste de España calculó que aquella noche no habría más de tres mesas con clientes. Máximo, cuatro.

Se acercó al borde del escenario y miró fijamente hacia

la oscuridad. El tocadiscos chirrió, y por un instante pensó que se iba a estropear otra vez, en el momento de mayor intensidad de la canción.

Pero no ocurrió como temía. La música continuó y ella echó la cabeza atrás, agitó la melena y engarfió la mano derecha, llevándola hasta los ojos. Luego la bajó lentamente, como si quisiera arañarse la cara, y terminó el último estribillo:

«Y si nooo he de quererteee,
si no soy tuyaaa..., mejor, mejooor,
me vengaaa, me vengaaa, la... la...
la... muer... muerteeee».

Puñales negros acabó y ella inclinó la cabeza, aguardando los vítores y el batir de palmas.

Primero escuchó los de Fernandito, desde la barra, y después dos o tres palmadas de las chicas de alterne. Dedujo que quizá no había ni tres mesas ocupadas. A lo peor había cantado sólo para Fernandito y las chicas.

El telón cayó y Celeste salió del escenario. Fernandito se acercó con el vaso de agua. Una costumbre que se repetía, noche tras noche, desde muchos años atrás.

Fernandito era delgado y atildado y gastaba peluquín y modales finos. Celeste se bebió el agua. El día que le faltara su Fernandito, se moriría. Fernandito era su apoyo desde los comienzos. Desde antes.

—¡Ay qué malaje de público, hija! No saben apreciar el arte.

—¿Cuántos hay?

—Celeste, bonita, la gente no entiende tu arte. Tú no te preocupes.

—¿Cuántos?

—Dos mesas.
—¿Dos?
—Sí, hija, dos, pero...
—Pero ¿qué?
—Bueno, hay una tercera, pero como si no existiera. No han pedido ninguna consumición.

Fernandito bajó los ojos. Pestañeó.

—Tú me ocultas algo. ¿Qué es lo que pasa? Tú a mí no me puedes engañar. ¿Son inspectores de hacienda, hijo? Anda, suéltalo ya.

—Dicen que quieren hablar contigo, que es urgente, hija. Ha venido ese Berto, el cubano, el amigo del señor Chaves, y el señor Rubén. A ese cubano tú lo conoces. Ése con el cuello tan largo que te mira y te dan escalofríos. El señor Rubén huele a podrido.

—¿A qué han venido?
—No me lo han dicho, pero parecen muy contentos.
—¿Y por qué estás tan nervioso, Fernandito? Ha venido el cubano y el señor Rubén, ¿y qué? Estarán esperando a Chaves.

—Es que la chaqueta del señor Rubén está manchada de sangre. Se la intenta tapar con la manga, pero yo la he visto. Como si hubiera matado a alguien.

Celeste de España suspiró.

—Dame el brazo, Fernandito, que vamos a ir a verlos.

24

EL comedor tenía grandes ventanales que llegaban hasta el suelo. Se veía el jardín, iluminado, y la piscina.

—¿No tienes hambre, hija? Clara, Clarita... Te estoy hablando. Te pregunto si tienes hambre.

—¡Eh!

—¿Dónde estás? Te pregunto por qué no comes.

—No tengo hambre.

—Pareces ida, hija. ¿En qué piensas?

—En cosas.

—¿En qué, hija mía?

—Acabo de leer una novela preciosa, me ha hecho pensar mucho. Me la ha recomendado un..., bueno, un amigo que ya no voy a ver más.

—¿Novelas? A mí me encantan las novelas —manifestó Marta.

—Hija, ya que cenamos juntos, podías hacerme caso. No sabes la cantidad de citas que he tenido que romper para cenar contigo esta noche. Deberías hacerme un poquito de caso.

—Es curioso, hasta hace poco pensaba que todos los chicos eran iguales. De estar siempre con los mismos, crees que todo el mundo es igual de vacío y de hueco. Pero lo malo no es eso, es que yo soy como ellos. Una idiota, una mema que no ha hecho más que perder el tiempo.

Marta levantó el tenedor con mucho cuidado y se llevó la comida a la boca.

—Todos los hombres no son iguales —le sonrió a Sandoval.

—Me encanta cenar contigo, hija. Estar juntos me hace muy bien. Creo que de ahora en adelante lo vamos a hacer más a menudo.

—¿Es que no te vas a ir luego con Martita?

Sandoval dejó sobre la mesa el tenedor. Crispó la mano, pero se relajó al momento. Su hija lo observaba con atención. Se dirigió a Marta.

—Marta, discúlpala, por favor.

Marta masticaba *mousse* de langostinos. Le sonrió a Clara.

—¡Oh, no importa!

—¿He ofendido en algo? Lo único que he preguntado es si os vais a marchar después de cenar.

Sandoval mostró otra vez su sonrisa.

—Es la manera que tienes de decir las cosas. Te prohíbo que sigas así.

—Me prohíbes, ¿qué?

Marta intervino:

—Podías venirte con nosotros, Clarita. ¿Verdad, cariño? Creo que luego vamos al casino, te encantará la ruleta, ya verás.

—Dejémoslo, tengamos la fiesta en paz. No quiero volver a discutir en la mesa. Tú no entiendes de eso, Clara. Eres una niña.

—Eso, y además tonta. Quizá lo haya sido, pero eso fue antes.

—Cuando seas mayor lo entenderás.

Marta alargó el brazo y le acarició la mano a Clara.

—Debes hacer caso a tu papá, Clarita. Es tu papá.

—Oye, papá, despierta. Ya soy mayor. Tengo dieciséis años. ¿Cuántos años más que yo tienes, Martita? ¿Tres, cuatro?

—¡Cállate de una vez! ¡Te prohíbo que...!

—¡Oh, pues...! La edad no se dice, no es de educación —contestó Marta.

—Deja de prohibir, papá. Me cansas.

Sandoval con una mueca:

—Cenamos juntos muy poco. No discutamos... Oye, Clara, ¿te hubiera gustado ir a un restaurante? Podíamos haber ido a Antonio Martín o a...

—A Nerja, me hubiera gustado ir a Nerja, ya ves. Tengo un amigo que...

—¿Sí? Pues podías habérmelo dicho.

—A lo mejor ya no está allí. Creo que se iba a marchar al extranjero.

Sandoval alargó la mano. Le acarició el brazo a Clara. Clara lo retiró.

—¿Tienes un nuevo novio, hija?

—¿Novio? No, nada de eso... Es un amigo, apenas si hemos hablado. Pero tengo la sensación de que me gustaría volver a hablar con él.

—¡Qué bonito lo que has dicho, Clarita, qué romántico! —exclamó Marta.

—Bueno, pues me da igual. Pero no es lo que vosotros creéis.

—¡Me encanta, pero me encanta Nerja! —exclamó de nuevo Marta—. Podíamos haber ido.

—¿Qué te pasa, hija? No has tocado tu plato y pareces ida. ¿En qué piensas? ¿En ese novio?

—Ya te he dicho que no es mi novio. No seas pesado. Pienso en mis cosas... Oye, ¿sabes que no se puede hacer dedo al comienzo de las curvas? Es mejor en una gasolinera o en una cafetería.

—¿Dedo? ¿Qué es eso? —preguntó Marta—. Parece una ordinariez.

Sandoval tocó una campanilla de plata que tenía sobre la mesa. Al momento acudió una criada uniformada.

—¿Señor?

—María, la niña no ha probado bocado. Prepárale algo que a ella le guste. Tiene que cenar.

—No tengo ganas de nada, María, muchas gracias.

—¿Va usted a quedarse sin cenar, señorita Clara?

—Estás en edad de crecimiento. Tienes que cenar, Clarita, tesoro —intervino Marta.

—Mucha gente se queda sin cenar y no le pasa nada... Eh, espera, María... ¿Me puedes preparar un bocadillo de queso?

—¿Un bocadillo de queso, señorita?

—Sí, eso es. Un bocadillo de queso normal y corriente. ¿Tenemos queso en lonchas?

—Hija, ¿estás segura de que te encuentras bien?

—Nunca he estado mejor. ¿Me lo preparas, María, o lo hago yo?

—Se lo traeré enseguida, señorita.

El mayordomo entró en el comedor en silencio. Se situó a la izquierda de Sandoval. Era un hombre impasible, de rostro blanco.

—Disculpe que le moleste, señor, pero acaba de llegar la policía, el comisario Medina. Dice que necesita urgentemente hablar con usted y con la señorita Clara. Ha insistido, señor.

—Otra vez el comisario. ¿Qué querrá ese imbécil a estas horas?

—No ha mencionado el motivo, señor. Pero ha dicho que si no lo recibe usted, señor, entrará de todas maneras.

—Hágale pasar.

Medina llegó hasta el comedor, acompañado por el mayordomo. Sandoval no dejó de comer.

—Buenas noches —saludó Medina—. Disculpen lo intempestivo de la hora.

—Me figuro que será importante, ¿verdad? ¿Qué ocurre? —dijo Sandoval.

Nadie le había indicado que podía sentarse. Medina arrastró una de las sillas y se sentó al lado de Clara. Clara hacía bolitas con migas de pan. Medina le dijo a Clara:

—Se trata del muchacho que estaba con usted esta mañana en la carretera. Es el hijo de Ricardo Durán. Creemos que va a reunirse con su padre. Recuerde cualquier cosa que le dijera.

Sandoval soltó el tenedor sobre el plato.

—¡El hijo de Durán con mi hija! ¡Eso es imposible! ¿Qué está intentando decir, comisario?

Medina, sin dejar de mirar a Clara:

—Y bien, ¿qué me dice?

Marta apoyó el rostro en la mano derecha y ofreció el perfil.

Sandoval, furioso:

—¡Le prohíbo que hable con mi hija, comisario! ¡Es menor de edad, no la puede usted interrogar!

—¿Interrogar? ¿Quién interroga? Hablo con ella, nada más. Y en su presencia. Ustedes son testigos.

Clara, pensativa:

—Al principio no lo reconocí. Llevaba el pelo largo y ha cambiado mucho. Yo creo que tampoco él me ha reconocido a mí. Éramos vecinos de la misma urbanización. De pequeños nos veíamos algunas veces, muy pocas porque mi padre no quería que yo me juntara con los hijos de sus empleados. No eran de nuestra clase.

—Clara, dile al comisario que tú no has visto a nadie. No tienes obligación de responder.

—Es verdad. He estado con él esta mañana.

—Usted no puede acusar a mi hija de no sé qué complicidades —Sandoval señaló a Medina con el dedo y añadió—: Voy a llamar a mi abogado.

—Haga lo que quiera... Señorita, nos ayudaría mucho saber adónde pretendía ir ese muchacho, ese Tomás que estuvo con usted. ¿Dónde lo vio?

—¡Mi hija no se junta con delincuentes! ¡Esto le costará caro, comisario! ¡Exijo que...!

—Papá, no seas exagerado, el comisario no me acusa de nada. Tomás estaba en la carretera haciendo dedo y nos pusimos a hablar. Él iba a...

—¿Adónde?

—Hija, espera, no digas nada. Voy a llamar a Stuar, espera un momento...Y usted, comisario...

—... bueno, estaba haciendo dedo y nos paramos a hablar un rato. Entonces llegó la policía y me trató fatal, y a él le pegaron por querer defenderme.

—Clara, escucha, no tienes por qué contestar al comisario. Espera un momento que llame a Stuar.

—Papá, no tengo nada que ocultar. Creo recordar que

me dijo que iba a embarcarse para Marruecos, que quería irse a Tánger. No me habló nada de ningún padre.

—¿Tánger? ¿Está segura?

—Hablamos muy poco. Menos de cinco minutos, creo.

—El coche patrulla la encontró recostada sobre el hombro de ese chico. ¿Suele usted hacer eso con los chicos que conoce hace cinco minutos?

Clara enrojeció hasta la raíz del cabello. Sandoval golpeó la mesa con la mano abierta.

—¡Comisario, fuera de esta casa! ¡Ahora mismo!

Medina se puso en pie.

—¿No me responde, Clara?

—No sé qué... qué quiere decir.

—No tenemos nada en contra de ese chico, Clara. Buscamos a su padre, que es un criminal fugado de la cárcel. Nos ayudaría mucho saber adónde se dirigía... Sería de gran utilidad que usted lo recordara. Llámeme a la comisaría en cualquier momento.

Sandoval agarró a Medina del brazo. Lo zarandeó.

—¡Lo acusaré de allanamiento de morada! ¡Le he dicho que abandone esta casa ahora mismo! ¡Clara, no digas una palabra más!

Medina explotó de pronto. Como una sacudida eléctrica.

—¡Suélteme! ¡No se le ocurra volver a tocarme!

Sandoval lo soltó. Medina se calmó al instante.

—Bien, gracias por su colaboración, Clara, y recuerde lo que le he dicho. Señor Sandoval, señora..., gracias también por su colaboración.

25

*D*URÁN se incorporó en la cama, bañado en sudor frío. La habitación estaba a oscuras. Por un momento pensó que se encontraba en la celda. Buscó a tientas el paquete de cigarrillos y encendió uno. Saltó de la cama y abrió la ventana que daba al patio interior, donde rumoreaba una fuente. El aroma intenso a jazmines y madreselva le fue tranquilizando.

Cerró la ventana. Salió del cuarto. En el comedor, la gran jaula de los pajaritos parecía un catafalco oscuro, tapada con un lienzo negro.

Abrió la puerta de la calle. Se sentó a fumar y a ver las luces de los automóviles que pasaban por la carretera. El Tío Paquito roncaba. Los pajarillos dormían.

Todo el mundo podía dormir. Él, no.

CRUZÓ LA CARRETERA y caminó hacia las luces brillantes de Nerja. Llegó hasta la plaza Cantarero y bajó la calle. Se compró un helado de *tutti frutti* en una heladería, llamada La Ibicenca, de la calle Pintada. Por todas partes había grupos de chicos y chicas que iban a las discotecas. Parejas que caminaban enlazadas.

Nerja había cambiado en ocho años. Había más edificios, más tiendas, más bares, más discotecas. Pero conservaba el aire despreocupado y alegre de un pueblo en vacaciones.

Calle Pintada, la arteria principal, era un hervidero de gente. Había hombres, mujeres y niños de varias nacionalidades. La habían convertido en peatonal. Seguía siendo una hermosa calle andaluza, más cosmopolita quizá, pero sin perder del todo su viejo aire de calle pueblerina.

Se entretuvo mirando las tiendas de regalos, de modas, las mujeres. Lo que le quedaba de los recuerdos.

Nadie se fijaba en él. Era uno más de los que deambulaban sin nada mejor que hacer. Quizá con la piel demasiada blanca. Uno más que no podía dormir.

Una pareja pasó a su lado. Se detuvieron ante una agencia inmobiliaria que exponía en el escaparate fotos y reclamos de la oferta de chalés y apartamentos. El hombre observó a la mujer, mientras ella leía las listas de precios. Sin previo aviso, la besó en los labios. La mujer sonrió, sorprendida, y le devolvió el beso.

Eran de su edad. Durán sintió una profunda punzada de soledad y de celos. Por esa misma calle había paseado con Carmen cuando los dos eran jóvenes y estaban llenos de amor.

Entonces caminaban de la mano muy despacio. Y hablaban de lo que harían con sus vidas. Del futuro. De proyectos. Se sentía el hombre más feliz, más rico del mundo.

Durán llegó al Balcón de Europa. Sentía una opresión en el pecho. Como si se le hubiese formado un hueco. Ni siquiera la magnificencia de esa inmensa terraza, que se adentraba en el mar como la proa de un barco, le libró de la terrible angustia que le embargaba. Fue ajeno a las palmeras que se balanceaban, al dulce atardecer estrellado, al aroma de mil flores que invadía los sentidos.

Durán se sentó en uno de los nuevos bancos de mármol y se tapó la cara con las manos. La necesidad de ver a Carmen y hablar con ella se hizo tan fuerte que tuvo miedo de gritar.

En su cabeza se cruzaron imágenes de Carmen. Imágenes que creía sepultadas para siempre en la memoria. Imágenes de alguien que le había querido, que siempre tuvo fe en él. Que nunca le traicionó.

Del Balcón de Europa fue a la calle Carabeo. Allí había tenido amigos en los viejos tiempos en los que aún no había conocido a Sandoval. Recordó las cenas en los patios, las noches enteras hablando.

En la calle había nuevos restaurantes, una pizzería. Las mismas casitas encaladas. La calle daba a la playa de Burriana. La siguió.

UNA HORA DESPUÉS regresó a la casa. El Tío Paquito estaba sentado en la puerta. Comía un cuenco de gazpacho.

Le ofreció.

—¿Quieres? Ayuda a dormir. Por la noche, el gazpacho está mejor, más asentado.

Durán se sentó al lado.

—No, no tengo ganas de nada. ¿Te he despertado?

El Tío Paquito sorbió gazpacho.

—No, yo tampoco puedo dormir bien. ¿A qué has ido a Nerja? ¿A darte un paseíto?

—Me he dado una vuelta.

—¿Una vuelta? ¡Mira qué bien! Así que el señorito ha ido a darse una vueltecita. Muy bien. Lo único que te ha faltado ha sido poner un anuncio en el periódico.

—He tenido un ataque de nostalgia.

El Tío Paquito miraba la carretera. Los coches.

—¿Nostalgia? No te entiendo, me parece que estás loco. Eres un inconsciente. En Nerja te conoce mucha gente. No comprendo cómo has podido hacerlo. Te dije que no te movieras.

—No me ha visto nadie.

—He trabajado mucho para sacarte de la cárcel. Y tú has estado a punto de estropearlo en un momento.

—Estuve dando una vuelta. No quería marcharme sin volver a ver Burriana... Los merenderos han cambiado mucho, ¿sabes?... También la playa. Está más grande, más limpia.

—¿Sí? ¡Mira qué bien! ¿Y no has ido a bailar?

—Ahora se puede ir de noche a la playa; hay luces, un paseo. Vi en el Merendero Moreno a los camareros de siempre, un poco más viejos. Aldo, Antonio, Rafa, Pacheco, Miguel, el Molli... A José, *el Cabeza*, le han puesto una barbacoa. Está más gordo, pero es el mismo Cabeza de antes. Parece que el tiempo no ha pasado. He estado pensando en..., pero..., bueno..., ya no tiene remedio.

El Tío Paquito tiró el gazpacho al suelo con fuerza. El cuenco se rompió.

—Me da igual dónde hayas estado. Si te pescan, yo

también estoy jodido. Soy tu cómplice, a mí también me buscan. Y no quiero tirarme lo que me queda de vida en la cárcel. Eso como poco, porque si Chaves te localiza, te matará, nos matará a los dos. ¿Acaso no sabes que Chaves te busca para matarte?

—¡Bah! Chaves debe creer que ya estoy fuera del país. No se figura que estoy tan cerca, no es tan listo.

—¿No? Tú eres el único listo, claro. Siempre has sido un listo. Pero te has tirado ocho años en el trullo, y eso no es de listos. Ahora escúchame bien lo que voy a decirte: mañana te marcharás, ¿entiendes? No quiero saber nada más de ti, Ricardo. Estás loco, y yo no quiero que me maten, ni tirarme lo que me queda de vida en la cárcel.

—Bien, lo que tú digas.

—Si quieres que te maten, podías haberte ahorcado en la cárcel. Hubiera sido mejor. Si llego a saber que estás loco, no te hubiera ayudado. Porque estás loco, ¿lo sabías?

—Sí, lo sé. Pero no como tú piensas.

—No quiero saber nada más de ti. Se acabó. Te metes el dinero donde te quepa. Los locos lo jodéis todo... Ahora que lo estábamos consiguiendo... tal como lo planeamos.

—He estado pensado en Carmen. Íbamos mucho a Nerja. A ella le gustaba. Es curioso: llevaba mucho tiempo sin pensar en ella. Nerja está asociada con Carmen.

—No menciones su nombre delante de mí, ¿de acuerdo?

—En el trullo sólo pensaba en fugarme. En joder a Sandoval. Ésos eran mis únicos pensamientos. Pero ahora... En fin, es una tontería.

—Sí, es una tontería.

—Pero tienes razón: todo nos está saliendo como queríamos. Mañana estaré en Lisboa y pasado mañana en Brasil. Te transferiré el dinero al banco que quieras. Será lo último que sepas de mí.

—Nunca irás a ninguna parte, nunca disfrutarás de ese dinero. Todo ha sido una mentira, un juego. Tú no quieres huir, tú quieres que te maten. Siempre lo he sospechado, pero ahora lo sé.

Durán, furioso:

—¿Qué te pasa? ¿A qué viene eso? ¡Quiero ese dinero! ¿Es que no tengo derecho a ese dinero? ¡Me he tirado ocho jodidos años en el trullo, ocho! —Durán se calmó—. No quiero que me maten. No digas tonterías.

—¿Estás seguro?

—Cierra ya el pico. Te llevarás un buen pellizco, ¿no? ¿Es que a ti no te gusta el dinero, eh? Me has hecho muchos favores, pero yo te los pago. Te voy a dar tres kilos, Paco, tres.

—Vamos a calmarnos. Nos pueden oír. Pasan patrullas continuamente. Si sigues gritando así, te van a oír hasta en comisaría.

—Déjame en paz, Paco. No quiero que me sermonees continuamente. ¿Te enteras? —cada vez más furioso—. ¡Te he pagado por todo lo que has hecho! ¡Y he sido generoso, muy generoso! ¡Calla de una vez!

—Está bien, pero no me grites. No me gusta que me griten. Vamos a llamar la atención.

—A mí tampoco me gustan los santurrones.

El Tío Paquito se puso en pie. Se sacudió los pantalones.

—Si hubiera sido más joven, hoy te hubiera matado por segunda vez.

Sonrisa de Durán.

—¿Y la primera vez? ¿Cuándo me hubieras matado la primera vez?

—Cuando dejaste a Carmen tirada, sin dinero. Con el niño pequeño. Entonces te hubiera matado. Como esta noche.

26

*B*ERTO, el cubano, chascó los dedos y llamó la atención de Fernandito, el camarero. El Pájaro Azul continuaba sin nuevos clientes.

—¡Oye, Fernandita, chata, más de lo mismo!

Fernandito se acercó a la mesa con el rostro congestionado.

—Berto, no me llames así. Tienes que tener un respeto.

—¿A ti, chata? Tú eres una comemierda, chatita. Nadie nos puede oír. ¿Dónde están los clientes?

El camarero paseó la mirada por el local. Dos empleadas se aburrían en la barra y los clientes de las dos mesas parecían dormidos o a punto de estarlo.

—Me llamo Fernando, no Fernandita.

—¡Je, je, je! ¿Te molesta, chico? ¿Vas a pegarme o me vas a arañar? Oye, cariño, queremos otra botellita de champán, eh. Sigo teniendo sed.

—Tampoco me llames cariño, Berto.

—Je, je, je, eres una mierda de camarero muy sensible. Pero yo te puedo llamar como me dé la gana, Fernandita.

Celeste Mendoza le acarició la mano a Berto.

—Vaya, cubano, mi niño, parece que te sobra el dinero, ¿no? ¿Os ha tocado la lotería?

Contestó Rubén:

—Tú lo has dicho, bella tabernera. Díselo a Fernandito, tu fiel camarero, anda. Somos ricos y queremos que nos traten como tales. ¿Digo bien, estimado socio?

—Un libro abierto, compay.

—¿Os importaría enseñarme el dinero? Dos botellas de champán no es moco de pavo. Yo tengo que cuidar de mi casa.

Rubén le dio un codazo al cubano y le guiñó el ojo.

—Aún no lo tenemos, ¿verdad, tú?

Berto añadió:

—Lo tendremos enseguida. Un buen montón de pasta calentita. Chaves nos la dará.

—Chaves me debe muchos kilitos, Celeste. Un hermoso montón de dinerito que me está esperando como el trigo aguarda las lluvias.

—Oye, viejo. No te vayas a confundir. La mitad para ti, la otra mitad para mí.

—¡Claro que sí, mi amigo! Somos socios y mi palabra es tan firme como el Peñón de Gibraltar. Es lo que yo digo siempre. Una asociación es sagrada. Una palabra empeñada, ley para mí.

—Me alegro —contestó el cubano.

Celeste mostró los dientes postizos.

—Ésta es vuestra casa, amigos. ¿Queréis más champán?

—El champán está muy bien. Me gusta. De ahora en adelante sólo beberé champán.

Celeste le dijo a Fernandito que trajera más champán.

Nadie habló hasta que el camarero trajo la botella.

Celeste la descorchó. Sirvió las copas.

—Chin, chin —dijo el cubano.

Todos bebieron. Rubén se bebió su copa de golpe. Celeste la volvió a llenar. Berto se dirigió a Rubén:

—Eres viejo, pero bebedor, chico. Vaya chingón. ¡Humm, rico, rico este champán!

Rubén, soñador:

—Cuando sea rico volveré a alternar con gente educada. Viajaré en primera y volveré a tener un palco en los toros y en el Teatro Cervantes y volveré a codearme con Curro Flores. Y, mi querida señorita Celeste, volveré a fumar vegueros. ¡Ah, qué aroma, qué distinción la de un caballero que fuma habanos!

—¿Y beberás champán, chingón?

—Sólo beberé champán. Antes, en los buenos y dulces tiempos de mi lejana juventud, degustaba los mejores champanes del mundo... Dom Perignon, Veuve de Clicot. Volveré a ser el de antes. El dinero atrae al dinero, ¿no te parece, mi amigo y socio?

—En mi tierra se dice que cuando el río de la suerte pasa por tu casa, pasa siempre. Me voy a comprar diez trajes.

—Quisiera hacerte un regalo, Celeste, querida. Te has portado como una hija fiel con este pobre viejo. ¿Aceptarías un regalito?

Sonrisa de Celeste. Más dientes.

—Honráis mi establecimiento, ése es el mejor regalo.

Rubén suspiró.

—Poco me queda ya de vida. Me gustaría pasarla en paz y sosiego. Mi alma atormentada pide ya tranquilidad.

Dos clientes entraron al local y se acodaron en el mostrador. Celeste se puso en pie.

—Estoy muy a gusto con vosotros, pero me debo al trabajo. Así que disfrutad. Voy a traeros otra botellita, regalo de la casa.

Rubén, compungido:

—Celeste, querida, me he cortado un dedo sin querer y me ha caído un poquito de sangre en la chaqueta. ¿Podrías limpiármela? No aguanto la suciedad. Aunque ahora me veas en este estado, siempre he sido un caballero elegante. Por supuesto, te recompensaré convenientemente. Tendrás una hermosa propina, querida.

Rubén se quitó la chaqueta y se la entregó a Celeste.

—Vamos a ver lo que se puede hacer.

—Date prisa, querida Celeste. Me gusta estar bien vestido. Un caballero no debe permanecer en público en mangas de camisa. ¡Ay, si yo fuera más joven y tuviera ambiciones, Celeste!

Berto, bebiendo champán:

—¿Ya te vas? ¡Qué pena! Oye, Celeste, ¿cuándo vendrá Chaves?

—Un poquito más tarde. Todas las noches se toma una copita conmigo antes de dormir. Tened paciencia. Ahora os traerán la otra botella y les diré a dos chicas que os acompañen. La espera será más llevadera.

—¡Inteligentes palabras!

Celeste se llevó la chaqueta del viejo en la mano. Dio la vuelta al mostrador. Entró en las cocinas. Fernandito rellenaba botellas de güisqui de un garrafón.

—Llévales otra botella a esos dos y diles a Maruja y a Engracia que los cuiden bien. Que no dejen de beber.

Fernandito salió de la cocina. Celeste registró la chaqueta del viejo. El mensaje estaba en el bolsillo de arriba, garrapateado en un papel sucio. La copia de las llaves del coche, en uno de los bolsillos interiores.

Celeste murmuró:

—Vaya, vaya. Jodido viejo. Vas a traicionar otra vez.

Volvió a leer el mensaje y su rostro se alegró.

Si hacía lo que le proponía el viejo, se llevaría un millón.

ABRIÓ LA PUERTA de la cocina y se dirigió al descampado. El coche de Rubén estaba aparcado en un callejón sin salida. Celeste abrió el maletero. Sintió una vaharada de olor ligeramente picante y acre. Era éter. Tomás yacía acurrucado con el rostro hinchado, con restos de sangre seca. Parecía muerto.

Celeste lo contempló durante unos instantes. Podía decirse que era igual a su padre con treinta años menos.

—Increíble, clavado a tu padre, chaval —dijo Celeste—. Mira por dónde.

Celeste cerró el maletero con llave y entró al coche. Los asientos estaban sucios y rotos, se veían los muelles. La mugre lo cubría por todas partes.

A la tercera vez consiguió arrancarlo.

27

CELESTE condujo hacia la salida de Málaga, en dirección a Antequera. Se desvió a la derecha y entró en un camino de tierra que serpenteaba subiendo una montaña. Iba muy despacio, atenta a la débil luz que surgía de los maltrechos faros del coche.

Encontró la casa de Rubén al coronar el monte, en una especie de vaguada. Parecía una casamata utilizada para guardar aperos de labranza. Al lado había una edificación grande, en ruinas. Quizá los restos de un antiguo cortijo. Detrás, las luces de Málaga iluminaban la bahía.

El coche bajó la cuesta traqueteando. Dando tumbos, moviéndose como un tiovivo. Celeste frenó en la puerta de la casa y apagó el motor. El silencio del campo era absoluto.

Bajó del coche y abrió el maletero. De nuevo sintió el olor del éter.

Tomás continuaba sin conocimiento. Un poco de sangre le había salido de los orificios de la nariz y del oído derecho. La cara estaba hinchada y tumefacta. El aire fresco de la noche y los vaivenes del coche hicieron que Tomás reaccionara y abriera los ojos.

Celeste lo zarandeó.

—¡Eh, eh, tú, tú! ¡Hemos llegado!

Ninguna respuesta de Tomás.

Celeste volvió a zarandearlo.

—Ese viejo asqueroso se ha pasado con el éter. ¡Despierta, niño, despierta!

Tomás respiró una bocanada de aire puro y gimió.

—Se... se lo he...

—¿Qué? ¿Qué dices, chaval?

—Se lo he... dicho... Mi padre... La carta.

—Claro, chaval. Y menos mal que se lo has dicho. Esos bestias te hubieran matado a golpes. Ahora haz un esfuercito y sal de ahí. Yo te ayudaré.

—¿Quién... quién eres tú?

—Una amiga de tu padre... Bueno, antigua amiga.

—¿Y el... el viejo?

—Ése fue más amigo todavía de tu padre. Y no es tan viejo, aunque parezca Matusalén. Hay que reconocer que es muy listo ese asqueroso.

—Mi... mi padre...

—No seas pesado con tu padre, preocúpate de ti. Venga, arriba.

Celeste le tiró del brazo. Tomás se incorporó. Tenía la ropa destrozada. Manchada de la sangre que le había salido de la nariz y de la boca. Con mucha dificultad, puso un pie fuera del maletero. Celeste le ayudó.

No se veía a nadie. Las ruinas del cortijo estaban a unos cincuenta metros. Celeste colocó el brazo de Tomás sobre su hombro y lo tomó de la cintura. Despacio, intentó sacarlo del maletero.

Pero Tomás era un cuerpo inerte y resbaló al suelo.

—¡Maldita sea! ¡Levántate, vamos! ¡Tengo que avisar a Chaves!

Tomás gimoteó, sin poderse mover. Celeste se quitó un alfiler del pelo y se lo clavó en el brazo con fuerza. El alfiler era tan largo como un dedo. La sangre brotó y Tomás soltó un grito desgarrador.

Celeste lo arrastró del brazo hacia la puerta.

—Lo que pesas, hay que ver. Parece mentira.

—Tengo... tengo que avisar a... a mi...

—Y dale, pesado. No te preocupes por eso. Lo que tienes que hacer es un esfuerzo para levantarte y andar. Yo no puedo arrastrarte, chaval. Pesas demasiado.

Tomás se arrodilló y caminó a cuatro patas. Celeste levantó una piedra y sacó una llave. La metió en la cerradura. La puerta se abrió con un chasquido. Tomás se apoyó en la pared.

Una vaharada a sucio y a sudor rancio surgió del interior. La casucha estaba a oscuras.

—Bueno, Tomás, chaval. Tienes que entrar ahí y esperarme. Yo tengo que ir a un recado.

—No... no... Está oscuro. No quiero entrar. La oscuridad me da mucho miedo. Deja que me mar... marche, por favor.

—Ya me gustaría, pero no puedo. Tienes que estar aquí para que te vea Cha... bueno, una persona.

—No... no voy a entrar.

Celeste blandió el alfiler y se acercó a Tomás.

—Vales mucho dinero, ¿entiendes? Y puedo ser peor que ese asqueroso de Rubén por un millón de pesetas. Si no entras ahí, te clavo el alfiler en los ojos. Elige.

—Por... por favor.

Celeste realizó un movimiento brusco y acercó el alfiler apenas a un centímetro del rostro de Tomás. Celeste parecía fuera de sí.

—¡Te lo digo por última vez! ¿Sí o no?

Tomás se arrastró y entró en la casucha.

—Dile a mi padre... dile que...

—Dentro de dos o tres horas te encontrarás como nuevo, se te pasará el efecto del éter. Ya verás. Ahora te vas a quedar aquí y me vas a esperar. No voy a tardar mucho.

—¡No... no, por favor, no! ¡La oscuridad, no... no puedo estar en la oscuridad!

Empujó a Tomás hacia dentro. Buscó la luz. No había. El aire era irrespirable. Parecía la madriguera de una hiena.

Celeste, poco a poco, distinguió bultos. A ras del suelo empezaron a moverse pequeños puntos fosforescentes. Tuvo un escalofrío: eran ojos de ratas.

—Oye, chaval, me voy a tener que ir, ¿sabes? Pero tú no te preocupes. No te pasará nada.

Tomás le agarró la pierna.

—Por... por favor... No... no me deje aquí. Está... está muy, muy oscuro...

—Lo siento, oye, de verdad. Pero no sé dónde hay velas. Yo tengo que irme. Suéltame, anda.

Tomás se había aferrado a la pierna de Celeste. Celeste movió la pierna. Tomás no la soltaba.

Celeste pateó la mano de Tomás.

—Suéltame, suelta... En serio, no te pasará nada. No me digas que tienes miedo a la oscuridad...

Tomás gimió de dolor. Celeste retrocedió y Tomás se arrastró por el suelo, los ojos desorbitados por el miedo.

—¡No... no, no me... dejes, no!

Celeste cerró la puerta con llave. Los gritos de Tomás eran débiles, pero angustiosos. Gritos de terror.

Celeste corrió hacia el coche.

A POCA DISTANCIA de la casamata, el Largo asomó la cabeza por entre las piedras del cortijo en ruinas. Tenía el rostro cubierto de acné y el cabello cortado al cero. Detrás, en lo que había sido el vestíbulo del cortijo, aguardaban Gloria y Moncho.

El Largo dijo:

—La tía se las ha pirado. Ha dejado dentro a alguien.

—¿Era el viejo? —preguntó Moncho.

—Desde aquí no se distingue bien —contestó el Largo.

También Gloria llevaba el pelo al cero. Le faltaban varios dientes.

—¿Quién? ¿Es el viejo?

—Te he dicho que desde aquí no se ve bien, tía. Parecía un chaval.

Moncho era bajito, recio. Llevaba grandes botas negras, una cicatriz le cruzaba la frente.

—El viejo siempre jode la marrana. ¡Dos horas esperándolo! ¡Ya me estoy cansando de ese mierda de viejo!

—La tía se las ha pirado en el buga que ha traído. El menda se ha quedado dentro. No lo entiendo —repitió el Largo.

—¿Y el viejo? —insistió Gloria—. ¿Qué va a pasar con el caballo? Nos ha jodido bien... ¿Qué hacemos ahora? Nos dijo que nos daría caballo.

El Largo se volvió a sus compañeros:

—De ese viejo no había que fiarse.

—A mí me va a entrar el mono de un momento a otro. Si no me chuto, voy a reventar, me cago en la leche.

—A lo mejor el viejo tiene caballo dentro, ¿no? —dijo Gloria—. ¡Oye...! —exclamó—. ¿No estáis oyendo golpes en la puerta? ¡Esperad un momento...!

Los tres prestaron atención. Los gritos desgarradores de Tomás parecían la agonía de un animal herido.

28

RUBÉN le acarició la cara a Maruja, que era una mujer gorda y paciente.

—La verdadera belleza, estimada amiga, se encuentra en el corazón. ¿Otra copita?

—Sí, señor. Lo que usted diga.

La otra mujer, Engracia, tenía un pequeño defecto en el ojo izquierdo. De pequeña se lo quemó con lejía. Se mantenía aparte, cogiendo la copa de champán como si fuese papel de fumar. Berto, el cubano, no le hacía caso.

—Si tuviéramos la suerte de que Aristóteles, el gran Aristóteles, se pudiera sentar aquí, con nosotros, comprobaríamos, una vez más, lo deudores que somos de la civilización griega.

Berto bostezó.

—Sí, señor —contestó Maruja—. Cuánta razón tiene.

—Hemos adelantado muy poco desde entonces, estimada amiga... ¡Hip!... ¡Perdón! Ofrezco mis disculpas.

—No se merecen.

Preguntó Berto:

—¿Cuándo va a venir Chaves? Mejor nos vamos a otro sitio.

—En otro lugar no nos fían, querido socio, compañero y amigo.

Añadió Engracia:

—Éste está muy bien. Aquí nos podemos divertir.

—Este sitio me pone enfermo. Me gusta más el bullicio, la gente, la alegría... Y no me mires con ese ojo, tía. Da mala suerte —Berto se apartó.

—Estimado y nunca bien ponderado socio..., no insultes nunca a una mujer... Todas las mujeres son hermosas, no lo olvides... Todas tienen, o han tenido, la hermosa potencialidad de ser madres y...

—Cállate de una..., ¡hip!, vez o no respondo, maldito viejo.

Maruja se dirigió a Engracia.

—¿Vienes al retrete..., eh, perdón, al cuarto de baño?

Las dos mujeres se levantaron y se marcharon.

—Insultar demuestra debilidad de carácter, falta de con..., ¡hip!, control.

Berto se puso en pie.

—Voy a ver cómo sigue el chico. Lleva mucho tiempo en el maletero, igual la ha palmado.

Rubén le agarró del brazo.

—Querido amigo, no te molestes... Los jóvenes son fuertes. Nuestro Tomás descansa cómodamente en el maletero de mi coche.

Berto soltó la mano del viejo con brusquedad.

—Es mejor que llamemos a Chaves a la comisaría o a Sandoval. Esto de esperarlo aquí me cansa.

—Llegará enseguida... Mientras tanto, vamos a divertirnos con esas agraciadas señoras.

—¿Y Celeste?

—Bueno..., la dueña de un establecimiento como éste debe tener muchos compromisos.

—Esto..., ¡hip!, esto es muy raro.

Berto se tambaleó hacia la puerta. Rubén saltó hacia él y lo sujetó.

—Vamos a esperar aquí a Chaves, cubano. Debe estar a punto de llegar.

—Oye, un momento: tú no quieres que yo salga a la calle. ¿Por qué...? ¡Maldita sea!

Berto sacó la navaja. Rubén retrocedió.

—Oye, espera un momentito, estimado socio y amigo. Guarda esa navaja.

—¿Dónde está Celeste? ¡Di! ¿Dónde está?

—Socio, yo te lo explicaré... Estamos en un establecimiento público.

—¡Me la has jugado! ¡Tú y esa zorra de Celeste!

Fernandito corrió al fondo del mostrador. Se puso a registrar un cajón disimulado.

—Vamos, socio y amigo, querido Berto... —Rubén retrocedió.

Berto dio un paso adelante y la navaja trazó una pequeña curva. Rubén se llevó la mano a la garganta y la retiró manchada de sangre.

—Cu... cubano, mira..., mira lo que me has hecho, mira...

No pudo terminar la frase. Un caño de sangre le brotó de la herida. Intentó dirigirse a la salida, pero tropezó con una mesa y se derrumbó. Los escasos clientes comenzaron a gritar.

Berto se abalanzó hacia la puerta. Fernandito levantó el brazo y le apuntó con una pistola.

—No des ni un paso, cerdo.
Berto se quedó rígido. Sonrió.
—Fernandito..., ¿me dispararías? No creo que te atrevas.
Fernandito salió del mostrador. Rubén, en el suelo, agitaba las piernas en los estertores de la muerte. Los clientes comenzaron a moverse en cámara lenta.
—¿Sabes? —dijo Fernandito—. Lo que más quiero en el mundo es que hagas un gesto, que te muevas. Tira la navaja al suelo y alza las manos... Vamos a esperar a la policía. Engracia está telefoneando.

29

ZORITA descolgó una fotografía enmarcada del Niño del Parque recibiendo un diploma del alcalde. La foto era en color. El Niño del Parque sonreía en la silla de ruedas.

Zorita, que iba sin uniforme, dijo:

—Mira qué bonita. Y si se cae, se rompe.

El Niño del Parque tragó saliva desde su silla de ruedas. Tenía los ojos saltones y el cráneo pelado. Las manos con las que aferraba los bordes de la silla de ruedas parecían tiras de alambre.

La vieja, vestida de negro, parpadeaba sentada en el sofá de *skay*.

Dijo Chaves:

—Es lo malo de mi compañero. Que se pone nervioso. Oye, viejo de mierda, ¿por qué no haces memoria?

Añadió Zorita:

—Que la vaya haciendo, mientras le queden porquerías de éstas por las paredes.

Zorita tiró la fotografía enmarcada al suelo. El cristal se hizo añicos. El Niño del Parque tuvo un estremecimiento, pero continuó impasible.

Le preguntó Chaves:

—¿Sigues sin acordarte? Pues muy bien, allá tú.

Zorita eligió un jarrón cromado. En el jarrón ponía: «Recuerdo de Vitoria, 1967». Lo tiró al suelo. El jarrón se hizo trizas.

Chaves se acercó a la vieja. Le dijo:

—¿Qué le pasa? ¿Es que no le importa que mi amigo lo rompa todo?

La vieja se llevó el dedo índice a la sien y lo hizo girar.

—Manolo no está bien, ¿sabe? Está tocado.

El Niño del Parque comenzó a cantar:

—Pescaítooo... Ay qué riiico... ay qué riiico... Lo traigooo de la bahíaa... de la bahíaa...

La vieja señaló otra fotografía enmarcada. Estaba coloreada. En la foto, una mujer con tirabuzones, sentada en un sillón de orejeras con un ramo de flores en la mano, sonreía. Detrás, un joven le ponía la mano en el hombro.

—Dígale a su amigo que rompa ahora ésa. La de la boda —dijo la vieja.

Zorita la descolgó.

—¿Ésta?

—Si, ésa. Rómpala y luego písela.

Zorita la tiró al suelo. La pisoteó con fuerza.

—Vamos a ver. ¿No se acuerda usted de otros pregoneros, otros como su marido? Deben de quedar algunos, no creo que todos hayan muerto. Haga memoria de una vez —le preguntó Chaves.

El viejo continuó cantando desde la silla de ruedas:

—... frescooo, frescooo, fresquitooo... ricooo, ricooo...

Chaves se dirigió de nuevo a la vieja:

—Hágalo callar o no respondo de mi amigo. Le gusta romper cosas.

Contestó la vieja:

—Mi marido no se calla nunca. Un día estuvo seis horas cantando sin parar, je, je, je.

—Estoy perdiendo la paciencia, voy a preguntárselo por última vez. ¿No tenía amigos su marido? ¿Otros del mismo ramo?

—Los pregoneros hace mucho tiempo que se han muerto. Y era bien bonito escucharlos, sabe usted, señor policía. Era bonito de verdad. Cuando yo era una chiquilla había uno, al que llamaban el Francés, que pregonaba perfumes y aceites para el baño. Tenía unos bigotes muy grandes.

—¿Y ahora? ¿No queda ninguno así como su marido?

—Todos han muerto, señor policía.

—Alguno quedará, haga memoria.

—El Niño de los Pajaritos, Paco. Ése me parece que está vivo. Hace cuatro o cinco años me pareció verlo por la calle Martínez, en la farmacia... Pero ya no salgo de casa. ¿Para qué voy a salir? Una vez Paco, el Niño de los Pajaritos, me pellizcó y me dijo que yo era reguapa...

—... almejaaas... camarooones, qué fresquitooos..., qué fresquitooos los tengooo...

—... porque la verdad es que yo era reguapa y...

—¿Dónde está ese maldito Niño de los Pajaritos?

—Tenía una barquita que ponía en el parque con una jaula con pajaritos de colores, muy bonitos ellos... Fue el último pregonero que hubo en Málaga. Yo le decía: Paquito, ¿por qué no lo dejas, malaje? Y él me decía que le gustaba cantar.

Zorita zarandeó al viejo.

—¡Cállate de una vez, cállate!

El viejo continuó con su pregón.

—Tío Paquito vendía altramuces, caramelos, peladillas... Hace mucho que no lo veo, ya le digo, cinco años, a lo mejor se ha muerto. Yo ya estoy muerta, sabe. Hace mucho que me morí... Je, je, je... Estoy muerta. Mi marido y yo estamos muertos hace mucho. ¿Sabe usted que he criado a cinco hijos y que ninguno viene a vernos?

—Jefe, deberíamos irnos.

—... ay qué gambitas... ay qué gambones... es mejor que los jamones...

—¿Vendía altramuces, peladillas? ¿Estás segura, vieja?

—¡Huy, sí, señor policía, eso vendía!

—Vámonos, Zorita, antes de que les suelte un par de tiros a estos carcamales. Me voy a volver loco.

La vieja le dijo a Zorita:

—Oiga, señor. ¿No quiere romper algo más?

EL COCHE PATRULLA estaba aparcado frente a la casa de los viejos. Chaves y Zorita se subieron a él y Vicente arrancó. Torcieron por una desviación a la izquierda para alejarse de la barriada del Palo.

—Hay que pensar en otra cosa. Otro pregonero como ése, y me lo cargo —dijo Chaves.

Chaves miró a Zorita con furia.

—¡Y pensar que tuvisteis al hijo de Durán en vuestras manos!

Zorita respondió rápidamente:

—Yo no sabía que el golfo ese era el hijo de Durán. A mí no me mires, jefe. Yo hice lo que me mandaste: buscar a la hija de Sandoval. No sabía nada de ningún hijo de Durán, ni gaitas. Deja de mirarme de esa manera.

—Jefe —intervino Vicente—, te han llamado tres veces de la comisaría... Te está buscando una tal Celeste Mendoza. Dice que es urgente. No hace más que decir que necesita hablar contigo.

—¿Y qué? ¡Que se vaya a la mierda! Hay que pensar en algo, tenemos que buscar a ese Niño de los Pajaritos o como mierda se llame.

—Podemos ir a los asilos y preguntar —añadió Zorita.

Dijo Vicente:

—Hay movimiento en comisaría, según parece...

—¿Y cuándo no hay? —interrumpió Zorita.

—... han trincado al Cubano, se ha cargado a alguien en un cabaré.

—Lo que faltaba. Ese cubano de mierda. Siempre en líos. ¿A quién se ha cargado? —preguntó Zorita.

Vicente se encogió de hombros.

—No lo han dicho. Bueno, ¿qué hacemos ahora, jefe? ¿Llamo a la comisaría?

—No, no quiero que me localice Medina.

—No hacen más que llamar, jefe. Tendremos que contestar alguna vez. Se van a creer que estamos de cachondeo.

—Ya contestaremos.

—¿Estás pensando en algo, Chaves?

Chaves miraba la calle. Grupos de chicos y chicas entraban y salían de discotecas.

—Vamos a cambiar de plan: seguiremos un camino más recto, más derecho. ¿Sabéis quién tiene que saber el paradero del niño de Durán?

—La hija de don Luis —respondió Zorita.

30

TOMÁS permanecía tumbado en la tierra, incapaz de moverse, mientras los dos chicos y la chica saqueaban la casucha de Rubén. Entraban y salían sacando toda clase de cachivaches. Había paragüeros, maletas llenas de papeles viejos, cajas de todas clases, ropas. Tomás los oía gritar y pelearse, buscando caballo. Habían hecho una hoguera en la puerta de la casucha.

Tomás les había contado su historia a los tres camellos, sin saber si se la creían o no. Ninguno le prestó demasiada atención. Lo que querían era encontrar el caballo que, afirmaban, el viejo Rubén tenía escondido en alguna parte de la casucha.

Tomás bebía a gollete de una botella que le había dado el Largo. La botella era botín que habían conseguido en la casa. No sabía qué era, pero era fuerte. El licor le quemaba la garganta y le abrasaba el estómago.

Tomás se reclinó sobre una piedras. Respiró hondo. El Largo lo observaba con atención. Gloria y Moncho clasificaban el botín, que se hallaba esparcido alrededor de la hoguera. Lo que no querían lo iban arrojando al fuego. La hoguera iluminaba al grupo con luces fantasmales.

Quemaban fotografías antiguas, papeles, viejas cartas... En otro montoncito habían apilado dos relojes, un bastón con la empuñadura de marfil, un paraguas, un reloj de mesa antiguo, cajitas con medallas, dos jarrones, un coche antiguo en miniatura.

Tomás continuaba respirando con dificultad. El Largo empujó a Tomás con el pie.

—Oye, no te habrás quedado tú con el caballo, ¿verdad?

Tomás negó con la cabeza.

—No, estaba muy oscuro. Lo... lo único que quería era salir.

Una mueca se dibujó en la cara del Largo.

—A mí también me daba miedo la oscuridad. En el reformatorio me castigaban en un cuarto oscuro donde había ratas, y yo me meaba en los pantalones. Claro, era muy chinorri.

—¿Dónde tendría el caballo ese viejo? —Moncho se acercó y observó a Tomás—. No está por ninguna parte.

Gloria se arrodilló al lado de Tomás y le pasó el dedo por la cara.

—Oye, guapo, un día a la semana venimos aquí a por caballo. El viejo nos lo vende. Y en vez de encontrarnos al viejo, te encontramos a ti. Es un poco raro, ¿no?

Tomás se incorporó y se sentó en el suelo.

—No tengo nada que ver con eso. Ya os lo he dicho.

—Sí, nos has contado una historia muy bonita —dijo Gloria—. Una historia para llorar.

Intervino el Largo:

—¿En qué reformatorio has estado tú?

Tomás negó con la cabeza.

—No he estado en ninguno.

—¿Por qué llorabas como una nenita, guapito? —insistió Gloria.

—Había ratas... y se acercaban. Las veía correr y chillar, los ojillos les brillaban.

—Igual que en el reformatorio —dijo el Largo.

—Eres una nena, tío —manifestó Moncho.

—Siempre duermo con la luz encendida... Es... es la primera vez que se lo digo a alguien. Bueno, no, se lo he dicho a una chica que conocí ayer... Me da miedo la oscuridad, pero el otro día tuve que estar en medio del monte... porque no me cogieron haciendo dedo y me iba a volver loco de miedo, ¿sabéis? Algunas veces sueño que estoy en la oscuridad, que no hay luz... Sueño que...

Gloria volvió a pasar el dedo por la cara de Tomás, que intentó apartarse.

—Nenita, te estás quedando con nosotros.

—Siempre sueño que estoy en un cuarto oscuro y no puedo salir de las tinieblas, la oscuridad me va a tragar, no puedo salir. Por eso he gritado tanto. Nunca he pasado tanto miedo en mi vida. Os agradezco mucho que me hayáis sacado de la casa, de verdad.

Moncho se desentendió de Tomás y continuó arrojando cosas al fuego mientras mascullaba entre dientes.

—Algunas veces yo también sueño. Sueño que entro en una pastelería y que me pongo como el quico —dijo el Largo.

El dedo de Gloria era delgado y frío. Escuchaba con fingida atención a Tomás.

—Pobrecita, la nenita —se dirigió a Moncho—. ¿Has encontrado el caballo?

Moncho soltó una maldición.

—¡No, nasti de plasti!

—He traicionado a mi padre. Y lo van a coger, tengo que irme.

Tomás intentó ponerse en pie, pero Gloria se lo impidió.

—Espera, nenita, espera. Tenemos que encontrar el caballo, ¿sabes? Sin caballo no sales de aquí.

Moncho pateó una maleta llena de pañuelos bordados.

—¡Mierda! ¡Aquí no hay nada!

Sacó una navaja y se acercó a Tomás. Los ojos le brillaban como a las ratas.

—¡Cabrón! ¿Dónde está el caballo? ¡Te voy a rajar!

—¡Mátale, Moncho! ¡Nos ha quitado el caballo! —exclamó Gloria—. ¡Pínchalo!

—¡No! —gritó Tomás—. ¡Yo no he cogido nada!

Moncho le puso a Tomás la navaja en el cuello, y el Largo y Gloria lo registraron. Tomás intentó resistirse, pero la navaja se le clavaba en el cuello.

El Largo encontró la tarjeta que le había entregado Clara.

—¿Qué es esto, tío? ¡Eh, mirad, fijaos con quién se codea este menda!

Moncho leyó la tarjeta.

—Mira qué bonito: una casa en el Candado, un chalé de ricos.

—¡Eso no os interesa, dádmela! —exclamó Tomás.

—Qué curioso, ¿verdad, nenita? —dijo Gloria—. Se me ocurre algo. Y tú nos vas a ayudar.

31

*C*LARA encendió la luz y se incorporó en la cama. Prestó atención. Su padre hablaba con alguien en el salón. Se levantó, se puso la bata y abrió la puerta del dormitorio.

Era Chaves, pero hablaba con su padre en voz baja. Caminó con cuidado hasta la barandilla. Se agachó.

Vio a su padre de espaldas, que paseaba.

Chaves decía:

—... mañana patearemos los asilos. Hay un pregonero, un tal Niño de los Pajaritos. Pero, a lo mejor, mañana es tarde... Creo que...

Su padre dijo algo que no entendió bien.

—... no, no... A mi hija no se la mezcla en nada de esto.

Otra vez la voz ronca de Chaves:

—... Durán grabó la cinta mientras ese Niño de los Pajaritos cantaba algo, probablemente en otra habitación de la casa... Durán está en Málaga, en algún sitio, escondido con ese Niño de los Pajaritos... Suponiendo que ya no esté Durán, ese Niño de las narices nos lo diría... Nos diría dónde se encuentra... Iríamos a por él...

Su padre:

—Ya tiene el dinero, Durán se marchará. ¡Maldita sea! ¡Tienes que hacer algo! ¡Durán no puede seguir vivo!

Chaves:

—... no te preocupes...

Silencio. Su padre debía de pasear por el salón. Escuchaba sus pasos. Debía de estar nervioso, muy nervioso. Su padre, cuando estaba intranquilo, cuando le ocurría algo, no paraba de pasear.

Su padre:

—¡Mátalo, Chaves! Acaba con él... Me chantajeará siempre... Con esos documentos que dice que tiene, estamos en sus manos... Jodidos...

Clara se apretó a la barandilla del primer piso. Su padre y Chaves se habían ido a un rincón alejado del salón. Quizá se preparaban una copa. Escuchaba sus murmullos. De vez en cuando una palabra suelta, pronunciada en un tono más alto. Hablaban de matar a un hombre y se bebían unas copas.

Clara no podía dar crédito a lo que había oído.

Matar, matar..., y era su padre quien lo decía.

Volvió a escuchar la voz de Chaves.

—... no descansaremos. Ya verás..., cuestión de horas...

Su padre:

—... recompensa...

Luego, otra vez pasos. La puerta que se abría y cerraba. De nuevo el silencio.

Clara volvió a su habitación. Se tumbó en la cama. La cabeza le daba vueltas. No podía creer lo que había oído:

era espantoso. Su padre no podía haber dicho eso, era imposible. Tuvo la sensación de que la cabeza se le iba quedando hueca, vacía.

Mantuvo los ojos fijos en la puerta del vestidor, en las estanterías con juguetes, libros..., los pósteres de las paredes, los cuadros, los regalos, el balcón, la puerta entornada del cuarto de baño privado, la ropa tirada por cualquier sitio.

Tenía ganas de llorar, pero no le salían lágrimas de sus ojos. Había escuchado muchas cosas de su padre: confidencias de amigas en el colegio; determinados artículos en los periódicos; rumores, frases sueltas aquí y allí... Se acordaba muy bien del juicio contra Durán. De las especulaciones que vinculaban a su padre con negocios sucios.

Pero nunca había escuchado de labios de su padre la palabra *matar*.

32

CELESTE acomodó las manos sobre la falda.

—Yo no sé nada, comisario. Ese Berto es un pistolero; miente más que habla, ya lo sabe usted. No sé cómo usted hace caso de lo que diga un hombre así. ¿Estoy detenida, comisario?

Medina intentó no cerrar los ojos. Mientras hablara o fijara la vista en algo, todo iría bien. De lo contrario, se dormiría de golpe.

—No, no estás detenida. Has sido tú misma la que has querido venir a la comisaría a hablar con Chaves, ¿no es cierto? Yo no te he llamado. No estás detenida, Celeste. Estamos hablando tú y yo como amigos, ¿no es verdad? Yo no te he llamado para nada.

Celeste, alisándose la falda:

—Es que es muy tarde. Me gustaría volver a mi local, ¿entiende? Si una no está vigilando, pues... ya comprenderá. Todo se pone manga por hombro.

—Claro, claro... Lo entiendo, tienes que vigilar tu local... ¿Y no vas a esperar a Chaves?

—¡Huy, pues no! Es tardísimo.

—Puedes decirme a mí lo que ibas a decirle a Chaves. Porque debe de ser importante, me parece a mí. Si no, no hubieses venido hasta la comisaría, ¿verdad?

—¡Ay, señor comisario! Me gustaría marcharme, si usted me da su permiso.

Medina apoyó las dos manos sobre la mesa del despacho. La habitación comenzó de nuevo a dar vueltas.

—Un momento..., un momento... Hay un pequeño problema, Celeste. Resulta que en tu local se ha cometido un asesinato y...

Celeste se indignó.

—¡Yo estaba aquí, comisario! ¡Estaba sentada esperando a Chaves! ¡Yo no tengo nada que ver!

—Claro, mujer, claro. Tú no has podido matar a nadie, eso está fuera de duda, pero...

Celeste se adelantó en la silla. Prestó atención. Medina paseó por su despacho. Las palabras se perdían en su cabeza antes de pronunciarlas. Tenía que dormir o se derrumbaría en cualquier momento.

De pronto, dijo Medina:

—¿Quieres café, Celeste?

—¿Café, comisario?

—Sí, un cafelito.

—Bueno...

Medina pulsó el interfono.

—Gómez, traiga dos cafés, por favor. El mío muy cargado, que parezca tinta china. ¿Vale?

La voz de Gómez:

—Ahora mismo, comisario... Esto..., Peláez acaba de llegar y quiere hablar con usted, comisario.

—Dígale que salgo ahora mismo.

Se volvió a Celeste. Sonrió.

—No termino de acostumbrarme a que me llamen comisario. Saqué las oposiciones hace cuatro meses. ¿Me disculpa un momento?

—Por supuesto, pero...

—Ya sé que tiene muchas ganas de regresar a su casa, pero antes nos tomaremos un cafelito. Gómez se ha traído una cafetera de su casa y me hace el café él mismo. Así no tiene que ir al bar. Enseguida estoy con usted.

Medina salió del despacho. Gómez preparaba el café. Una radio de transistores estaba conectada con una emisora de flamenco. Gómez apagó la radio.

—¿Dónde está Peláez?

—Es mentira, señor comisario. Es que ha habido novedades. Hemos conseguido bastantes cosas. El que iba a casa de Durán se llama Francisco Cepeda, alias *Tío Paquito* o *Niño de los Pajaritos,* y estuvo vendiendo chucherías para los niños en el parque hasta hace unos diez años. Era uno de esos pregoneros que cantaban su mercancía. Cuando yo era un chiquillo, todos los vendedores ambulantes de Málaga cantaban. Era la mar de bonito... Me acuerdo de uno que vendía fruta por mi calle, la calle Carretería, y decía: «¡Ayyy qué fruta...! ¡Ayyy qué fruta maaás coloraaá...!».

—Está bien, Gómez. Lleve dos cafés a mi despacho. Y quédese con la señorita Celeste.

Gómez se cuadró.

—A sus órdenes, comisario. Y perdone usted, es que...

—Nada, nada, hombre. Llévelos de una vez.

Gómez entró en el despacho con una bandeja y un servicio para dos.

Medina levantó el teléfono y marcó un número interior.

—¿Peláez? Aquí Medina. Escucha: ha ocurrido algo muy curioso. Esta noche, un tal Alberto Echevarría Molina, alias *Berto el Cubano*, ha matado a navajazos al viejo Rubén en el Pájaro Azul. Una pelea de borrachos, según parece. Pero hay más: este cubano dice que es confite de Chaves y se niega a hablar con nadie que no sea Chaves. Afirma que sabe algo muy gordo relacionado con Durán, pero que quiere pactar. A cambio de no comerse el marrón del asesinato, nos contaría cosas muy importantes; por ejemplo, dónde se esconde Durán.

Medina esperaba sorprender a Peláez, pero éste no dio pruebas de asombro.

—¡Joder, no te sorprende!

Escuchó la voz de Peláez:

—Estoy agotado, jefe. Ya no me sorprende nada.

—¿Dónde anda Chaves?

—Llevo toda la noche intentando conectar con él, y ni por ésas. Va en un «K», con Zorita y Vicente.

—De modo que Chaves está ilocalizable, ¿verdad?

—No quería decírtelo, Medina. Pero lleva toda la noche sin ponerse en contacto con nosotros. Los hombres están mosqueados. Creen que Chaves se está escaqueando del curro. Y eso no es bueno.

—Espérate, hay más: Celeste Mendoza, la dueña del Pájaro Azul, lleva cuatro horas esperando a Chaves para decirle, sólo a él, algo muy importante. Todo el mundo quiere hablar con Chaves, ¿verdad? Es curioso, ¿no?

—¿Qué quieres que haga?

—Que tus hombres sigan localizando la casa de ese Pajarito, y tú convence al cubano para que largue. Interrógalo. Aquí hay gato encerrado.

—Vas a caerte redondo, Medina. ¿Por qué no te vas a dormir?

Medina colgó el teléfono.

Entró en su despacho. Gómez le cantaba algo a Celeste.

—«¡... miraaa qué hermosura de pasión, la míaaa...! ¡Miraaa qué amor más bonitooo te doooy...!».

—¿Gómez?

—¡Eh!... Perdone usted, comisario; es que me encanta la señorita aquí presente. Tendría usted que oírla cantar.

—Váyase ya, Gómez.

Gómez se cuadró. Celeste bebía café.

—¡A sus órdenes! Y bébase el café, comisario, que frío no está bueno.

Gómez se marchó. Medina comenzó a beber el café sin azúcar, como a él le gustaba.

Celeste dejó la taza sobre la mesa. Se puso en pie.

—Muchas gracias por el cafelito. Si quiere usted algo...

—Siéntese.

—Pero...

—He dicho que se siente.

Celeste se sentó, asombrada por el cambio de actitud del comisario.

—Tiene usted derecho a permanecer en silencio y a no contestar a mis preguntas. Asimismo tiene usted derecho a ser interrogada por el juez en presencia de un abogado. Si no lo tiene, se le proporcionará uno de oficio. Tiene usted derecho, también, a efectuar una llamada telefónica. ¿Lo ha entendido todo, o quiere que se lo repita? Berto, el cubano, ha hablado. Lo ha contado todo, y la implica a usted, Celeste.

Celeste apoyó las manos en las rodillas. Abrió los ojos como platos.

—¡Es mentira! ¡Eso es mentira! ¡Yo no tengo nada que ver! ¡Fueron ellos, ellos! ¡El mierda del viejo y el cubano, que vinieron a mi local y...! ¡Oh, Dios mío, Dios mío!

33

*E*L traje era de buen corte, elegante. Sobre la cama estaba también la camisa, la corbata, la ropa interior, la caja con los zapatos y el maletín de ejecutivo, de piel de becerro.

Durán no dormía. Estaba sentado en una silla, repasando el mazo de papeles que incriminaban a Sandoval y a Chaves en los negocios sucios. Esperaba que la luz del amanecer entrara por los resquicios de la ventana.

Escuchó los pasos del Tío Paquito. Su voz:

—¿Estás despierto?

—Sabes que sí.

El Tío Paquito entró en el dormitorio.

—Ricardo... —empezó.

—Pasa y siéntate, Paco.

El Tío Paquito se sentó en una silla. A pesar de la ventana cerrada, se oía el rumor del tráfico de la cercana carretera.

—Estuve un poco... Verás, Ricardo, me pasé. Eso de que te hubiera matado... Bueno, no es cierto, ¿sabes? Nos pusimos nerviosos.

—Los dos estamos nerviosos, Paco. Yo te dije más tonterías todavía. De todas maneras, siempre supe que estabas enamorado de Carmen.

—Fui un padre para ella..., o un hermano mayor. Yo nunca...

—Lo sé, Paco, lo sé. No digas nada. Y fue una idiotez ir a pasear por Nerja. Tú tenías razón. Te debo mucho, te debo mi libertad. Si no llega a ser por ti, aún estaría en la cárcel. Fue un plan muy bueno, Paco. Muy inteligente. Nunca te agradeceré bastante lo que has hecho por mí.

—No se trata de eso. Es que ayer no te lo quise decir; mejor dicho, no sabía cómo decírtelo. Estuve en Málaga y me enteré de algunas cosas. Se están acercando, Ricardo. Cada vez se acercan más. Están investigando entre tus amigos, y ya me han localizado.

—¿Chaves?

—La policía, que es lo mismo.

—Pero esta casa es segura, ¿no?

—Sí, es segura. Pero han sido muy rápidos... Tienes que marcharte. Les tengo mucho miedo a Chaves y a Sandoval. Han puesto precio a tu cabeza. Vales diez millones, Ricardo.

—Vente conmigo, Paco. Hay dinero para los dos, para que vivamos los dos felices el resto de nuestras vidas. Aquí no tienes a nadie, no te queda nada.

El Tío Paquito bajó la cabeza. Se contempló los pies. Durán le preguntó:

—¿Tanto te importan esos pajarillos?

—No es eso. Aquí estoy bien. Ésta es mi tierra, Ricardo.

Durán se acercó a su amigo. Le puso la mano en el hombro.

—Tener un amigo es una riqueza, Paco. El que no tiene

amigos es más pobre que las ratas. Vente conmigo. A las nueve y media cogeremos el autobús a Huelva, cruzaremos el puente y estaremos en Portugal. Mi vuelo a Brasil sale de Lisboa a las cinco y media. Mañana estaremos en Río de Janeiro. Lo mío será tuyo, Paco. Déjame compartirlo con alguien.

El Tío Paquito negó con la cabeza. Sonrió tristemente.

—Ya soy viejo. Déjalo, Ricardo. Vete tú.

—Me hubiera gustado ir con mi hijo. Solo, va a ser diferente.

34

*E*L silencio era absoluto en la urbanización El Candado. En algunos chalés había luces encendidas, y en la lejanía ladraba un perro. Las tapias de la casa de Clara eran muy altas y estaban coronadas con verjas de hierro en punta. Las copas de los árboles asomaban. En el primer piso había un balcón iluminado.

Moncho temblaba por el mono. Se acercó al oído de Tomás y le dijo:

—¿Ves este baldeo? Pues te rajo la garganta y me quedo tan tranquilo.

Tomás bajó la voz.

—Me acuerdo de esta casa. Estuve una o dos veces en fiestas de niños. Yo debía de tener cuatro o cinco años. La niña del cumpleaños tenía muchos juguetes, muchísimos, y era muy mimada. Vinieron payasos, magos... Fue un poco antes de que mis padres se separaran.

Moncho insistió:

—Si nos engañas, te rajo.

—No puede ser... ¿Tú fuiste rico de verdad? —dijo el Largo—. ¡Vaya casa!

—Hasta los cinco años viví no lejos de aquí. Ya casi no

me acuerdo... Mira, las fiestas se las hacían a la niña en el jardín, de eso sí que me acuerdo.

—Vaya con la nenita Tomasita... —añadió Gloria—. Es toda una señorita fina.

—Gloria —le dijo Tomás—, deja ya esa cantinela de Tomasita. Voy a cumplir mi palabra: os enseñaré cómo se puede entrar, y me dejaréis marchar. Pero tú tienes que dejar de decir esas tonterías, me pones nervioso. ¿De acuerdo?

—Oye, ¿y no vas a querer nada de lo que saquemos? Puede ser un pastón. Ésta es una casa chachi —manifestó el Largo.

Moncho continuaba temblando.

—Es un castillo, ¡madre mía! Imposible entrar —añadió el Largo.

—Tengo idea de que había un portillo detrás con una cancela de hierro. Entraréis por allí, es muy fácil.

—¿Estás seguro?

—No estoy seguro de nada. Además, todavía me dura el mareo.

—Por las tapias no se puede trepar, son muy altas —dijo el Largo—. Y hay que tener cuidado. Por aquí hay patrullas de vigilantes y traen perros.

Gloria se arrimó a Moncho.

—Los perros me dan miedo —se dirigió a Tomás—: ¿Vivías en este barrio tan guay?

Tomás asintió.

—Mi casa estaba a la entrada de la urbanización, pero no era tan lujosa como ésta. Yo era muy pequeño. Tengo un vago recuerdo de ella, lo mismo que de la niña del cumpleaños. ¿Vamos, o no? Tengo ganas de acabar de una vez.

—Un golpe en esta casa nos va a poner en órbita. Ahí es nada... —dijo el Largo.

Moncho empujó a Tomás. Los dientes le castañeteaban.

—¡Venga de una vez! Vamos a ver esa cancela.

Dieron la vuelta a las tapias. Tomás iba el primero, sujeto por Moncho, que tenía escalofríos cada vez más intensos y temblaba como un azogado. Gloria y el Largo los precedían.

—De...eebe de haber alarmas, ¡me cago en la mar! —murmuró Moncho.

—Vamos a ver si la cancela sigue donde siempre. Yo me colaba por una trampilla. Servía para que entraran y salieran los gatos.

—Me gustan más los gatos que los perros —manifestó Gloria.

La cancela era de hierro y estaba casi cubierta por entero de buganvillas. Una gruesa cadena, con un candado de seguridad, mantenía la puerta cerrada. Tomás se agachó y descubrió la trampilla, que estaba oxidada y con aspecto de no utilizarse. La empujó con fuerza, y la trampilla se abrió con un prolongado chirrido.

—Ahí está. Ahora podéis entrar.

Gloria señaló la trampilla.

—¿Por ahí? ¿Tú estás bien de la azotea, tío? Por ahí no cabemos.

—Sí se cabe —respondió Tomás.

—Pues, entonces, entra tú primero. No... no me... fío de ti nada —añadió Moncho.

Tomás se tiró al suelo y metió los brazos por la trampilla; después introdujo la cabeza y reptó lentamente hasta que estuvo al otro lado. Cerró la trampilla con el pestillo y se asomó a la reja.

—Bueno, adiós. Habéis caído en la trampa. De todas maneras, os doy las gracias por sacarme de la casucha.

Moncho asomó el brazo con la navaja por la reja.

—¡Ven, ven aquí, te voy a matar!

Gloria se abalanzó contra el portón de hierro.

—¡Te mataré! ¡La próxima vez que te vea, te sacaré los ojos!

—¡Chao! —saludó Tomás, y desapareció en el jardín.

CLARA SE SECÓ LAS LÁGRIMAS por segunda vez. Contempló su rostro en el espejo. Los ojos estaban hinchados y rojos. Una gran laxitud la embargaba.

Volvió a la cama y se tumbó, sin taparse. No quería volver a pensar. ¡Ojalá no hubiera oído nada! Pero lo había oído. Había crecido en varios minutos lo que se tarda años.

Pasó la mirada por el cuarto. Ése ya no era su cuarto. Ése era el cuarto de una niña. Ella ya no era una niña. Había crecido, se había hecho mayor.

¿Qué podía hacer ahora? No tenía ni idea. Había hecho planes rápidos y los había ido desechando uno a uno. Las pataletas de antes le parecían ahora lejanas y de otra persona.

Tenía que tomar una decisión. Una decisión auténtica. No una rabieta. No un enfado mimoso.

Terminaría de estudiar. Eso es. Terminaría los estudios. Y después, la universidad. Pero trabajaría. Buscaría trabajo. Sabiendo idiomas es un poco más fácil encontrar trabajo. Y si no lo encontraba en la costa, se iría a Madrid con tía María, la hermana de su madre. Tía María no tendría inconveniente en recibirla en su casa.

Haría Derecho. Sería abogado. De todas maneras, tenía aún dos años para pensarlo.

Sintió un golpecito en el cristal del balcón. Se sobresaltó. Prestó atención, pero no volvió a escuchar nada. Hasta la urbanización El Candado no llegaban los ruidos del tráfico.

Otro golpecito la sobresaltó aún más. Se levantó de la cama y se acercó al balcón. En ese momento, una piedrecita chocaba contra el cristal.

Abrió el balcón. Tomás, agazapado en un macizo de plantas, le hacía señas.

CLARA Y TOMÁS HABLARON hasta que la luz de la mañana inundó el balcón. Tomás le contó toda su historia sin omitir nada. Cansados, permanecieron tumbados en la cama en silencio. Al cabo de unos instantes, dijo Tomás:

—Es curioso. Tengo ganas de ver a mi padre y, al mismo tiempo, no. Ya no. Debería haberme escrito antes, cuando yo era pequeño y lo necesitaba más. Ahora es tarde. De todas formas, me alegro de que no lo hayan cogido todavía.

—Eso fue lo que escuché de la conversación entre mi padre y ese policía. Hace al menos unas cuantas horas. ¿Qué piensas hacer, Tomás?

—Volver a Madrid, supongo. No lo sé. Pero me pondré a trabajar. Intentaré estudiar y trabajar a la vez. De todas maneras, tengo que hablar largo y tendido con mi madre. Las cosas no podrán ser ya como antes.

Si alguien le hubiera dicho a Clara que tendría a un chico, de noche, en su habitación, le hubiera parecido una broma. Pero con Tomás era diferente. Con él se sentía natural, distinta.

—¿Sabes una cosa? —le dijo Tomás—. Te mentí en la carretera: nunca había hecho dedo. Me puse a darte lecciones sobre autostop sin tener ni idea.

—Bueno, yo me hice la dormida mientras tú me contabas tu vida; así que estamos iguales.

—Tenía muchas ganas de verte, ¿sabes? Pensaba escribirte enseguida, en cuanto llegara a cualquier sitio —Tomás se quedó pensativo—. ¡Qué lejos me parece todo! Es como si hubieran pasado varios años.

—Sí, a mí me pasa lo mismo. De pronto he cumplido muchos años en muy pocas horas. Pero aún sigo siendo esa niña mimada, tonta, que daba cumpleaños y que se enfadaba por cualquier cosa. Una niña pija, me dijiste tú en la carretera.

—No, tú eres diferente.

—¿Sí? ¿En qué soy diferente, si se puede saber?

—Tú tienes como una luz dentro. Iluminas la oscuridad. Eres una chica luminosa. Las niñas peras no son así.

Clara se sonrojó hasta la raíz de los cabellos.

—Idiota... No te creo. No puedo creer a un embustero contador de historias.

Tomás rió con ganas.

—Acusar a un Durán de embustero es una costumbre de esta casa... Bueno, tengo que marcharme, Clara. Tengo que volver a Madrid, y tu padre me puede ver.

—Las noches de mi padre son para Martita. En fin, antes de marcharte tendrías que ponerte otra ropa y bañarte: hueles fatal.

—Y comer, no he comido nada desde el rancho de la comisaría.

—Vale... ¿Te apetece algo?

—Me gustaría bañarme, cambiarme de ropa y comer. En ese orden.

Clara señaló una puerta de su habitación.

—Ahí tienes el baño, puedes usarlo. Iré a buscar algo de ropa. Entre la de mi padre y la mía, podrás arreglarte. ¿Y tu macuto?

—Ese maldito viejo lo tiró. Se fueron muchas cosas en ese macuto: los libros que más me gustaban, mi ropa preferida... Como si se hubiera ido mi infancia, como si hubiera cruzado una línea oscura.

—Te prepararé mitad cena, mitad desayuno. Y no te preocupes por mi padre: estaremos en la cocina, un lugar que él nunca pisa. Y te irás por la puerta de atrás. ¡Ah, otra cosa! Te prestaré dinero para el tren; nada de dedo, de momento.

—De momento —contestó Tomás.

35

*E*L sol se filtraba por los resquicios de la persiana. Los pajarillos revoloteaban por el techo y se posaban en los muebles. Llegaba de la cocina aroma a café.

Durán entró en la cocina. Llevaba el traje azul y se detuvo detrás del Tío Paquito.

—¿Qué tal?

El Tío Paquito dejó de fregar las tazas y se le quedó mirando.

—Das el pego, Ricardo. Parece increíble.

—Me llamo Agustín Real y García y soy boliviano, dedicado a los negocios.

—Lo que puede hacer un traje planchado...

—Un traje caro, Paco. No un traje planchado.

—Aún queda tiempo para que podamos tomar café.

—Paco...

—No insistas, Ricardo. No voy a irme contigo. Escríbeme de vez en cuando y cuéntame qué tal te va.

—Lo haré. Te tengo que mandar los millones.

—Sí, claro.

—Paco, escucha: yo no lo había pensado antes, no te quiero engañar. Pero...

El Tío Paquito aguardó.

—... se trata de Carmen y de mi hijo... Quiero que les envíes lo que acabamos de sacarle a Sandoval. Cincuenta kilos. Ni uno más, ni uno menos. Quiero que los disfruten ellos.

—¿Estás seguro, Ricardo?

—Nunca he estado tan seguro de algo.

—De acuerdo, haré la transferencia ahora mismo. Llamaré a Zurich. El Tío Paquito se dio la vuelta. Empezó a echar café en las tazas. Las manos le temblaban.

36

*L*A cocina del chalé de Clara era más grande que el piso de Tomás. Tomás se había puesto un polo azul, pantalones vaqueros y zapatillas blancas. El cabello, lavado, le brillaba. Terminó de comer.

—No quiero que te lo creas, pero estás hasta guapo —le dijo Clara.

—Humm, yo sí me lo creo. Nunca he estado tan elegante. Pero me muero de sueño. Voy a pasarme el viaje a Madrid durmiendo. Te debo... Bueno, te debo bastante, Clara. Me has prestado dinero para el tren... En fin, ¿cuándo te lo podré pagar?

—En Madrid. Es muy probable que me vaya a Madrid a terminar de estudiar. Y en Madrid seré pobre. Te exigiré que me lo devuelvas todo.

—No pierdas mi dirección, ¿eh?

—¿Estás loco?

—¿Cuándo te veré?

—Tengo que solucionar algunos asuntos aquí. Pero existe el correo, ¿no?

—Sí, existe.

Permanecieron sentados, sin decidirse a separarse.

Dándose largas para el momento del adiós. María, la doncella, golpeó la puerta de la cocina y entró.

—Señorita Clara, disculpe. Su padre la llama, quiere verla.

—Bueno, pues que venga él.

—Dice que haga usted el favor de ir, que él no puede venir.

Tomás se señaló el pecho con el dedo. Añadió:

—Yo sobro aquí. Me marcho —se volvió a Clara—. Te escribiré.

Tomás se dirigió a la puerta de la cocina acompañado por Clara.

La doncella se adelantó.

—¡No, no, señorita! ¡No salga usted! ¡Usted no!

—¿Qué? ¿Qué es lo que pasa? Voy a acompañar a mi amigo hasta la puerta. Luego iré a ver a mi padre.

La doncella se retorció las manos.

—Se... señorita, me han... me han dicho que vaya él solo, usted no. Usted tiene que ir con su padre.

Clara se acercó a la doncella y le cogió las manos.

—María, María..., ¿qué es lo que pasa?

—No... no sé, señorita.

—Deja de llamarme señorita, ahora no está mi padre delante. Dime qué ocurre... y mírame a los ojos, María.

La doncella empezó a llorar.

—No... no es cosa mía, Clara... Ha sido su padre, el señor, él ha llamado a los policías.

—¿Qué? ¿Qué estás diciendo, María?

Tomás y Clara se miraron. Dijo Tomás:

—¿Cómo ha sabido que yo estaba aquí?

—¿Sabes tú algo, María? —le preguntó Clara.

La doncella titubeó.

—Se lo he dicho yo, pero sin querer, seño..., Clara, te lo juro... No sabía que...

Clara corrió hacia Tomás.

—¡Vámonos, Tomás, rápido!

La puerta de la cocina se abrió de golpe. Pasó Vicente. Detrás, Zorita.

—Hola, golfo —dijo Zorita, y añadió—: Volvemos a vernos, ¿eh? ¿Qué tal, mangurria?

Clara, muy tranquila:

—¡Fuera de esta casa!

—De eso nada, monada. Tenemos permiso de tu padre, chata.

Zorita sacó su arma de reglamento.

—¿Sabes lo que es resistencia a la autoridad, golfo?

—No me asustas —dijo Tomás—. No vas a matarme delante de tantos testigos. Y tampoco me vas a detener.

Zorita se acercó a María y le pellizcó la cara. María dio un respingo.

—Ábrete, chatita, ve a fregar algo.

María se marchó corriendo. Tomás dijo:

—No voy a ir contigo. Esta vez, no.

Zorita blandió el arma.

—¿Que no, golfo? ¿Qué te apuestas?

—Oye, tiene narices el chaval, ¿eh, Zorita? —dijo Vicente— Me gusta; sí, señor.

—Entonces voy yo también —manifestó Clara—. Vamos todos a la comisaría.

Chaves empujó la puerta de la cocina y se apoyó en la pared. Las gafas negras parecían un murciélago aplastado en su cara.

—¿Qué pasa aquí, inútiles?

Clara se arrojó sobre él.

—¡Fuera, fuera, idos todos de aquí!

Chaves le dio un empujón, Clara cayó al suelo. Se acercó a Tomás y le propinó un puñetazo.

Tomás salió despedido y chocó contra la mesa.

Chaves alcanzó a Tomás con otro puñetazo. Tomás cayó al suelo. Se levantó rápidamente.

Zorita agarró a Clara. Clara intentó librarse de la gordura de Zorita.

—¡Cerdo, déjame, asqueroso!

Chaves le dijo a Tomás:

—Dos segundos... Te doy dos segundos para que digas dónde está tu padre.

Chaves se aproximó a Tomás, que sangraba del labio. Levantó el puño. Tomás le conectó un puñetazo en el estómago. Chaves, asombrado, se dobló. Zorita soltó a Clara y golpeó a Tomás en la cabeza con la culata de su arma. Tomás gimió de dolor y se derrumbó.

Zorita le pateó en el suelo. Clara chilló:

—¡Nooo...! ¡No le peguéis, no le peguéis más!

Salió corriendo de la cocina y atravesó el salón.

—¡Papá, papá!

Su padre no respondía.

—¡Papá!

Entró en la biblioteca. Sandoval tomaba café en bata, apoltronado en un sillón. No se movió.

—¿Qué te ocurre, hija? ¿A qué vienen esos gritos?

Clara le tiró la taza de café, que manchó la alfombra. Intentó moverlo del sillón. Sandoval continuó impertérrito.

—¡Papá, le están pegando y se lo quieren llevar! ¡Haz algo, por favor, haz algo!

—Hija, cálmate. Yo no puedo hacer nada.

Soltó a su padre y retrocedió. Sandoval continuó:

—Hija, tú no entiendes algunas cosas. No te metas en nada.

—Sí, voy a tranquilizarme. Ya estoy tranquila. Pero déjame que te diga algo: desde hace tiempo sé de tus manejos, de tus porquerías..., pero hasta hoy no te he dicho nada: al fin y al cabo, yo también me aprovechaba de tu dinero...

Sandoval se levantó bruscamente del sillón.

—¿Qué estás diciendo?

—Déjame terminar, porque todo eso se ha acabado... Ayer por la noche te oí con ese mierda de Chaves. Te oí sentenciar a muerte a Durán. Todavía no se lo he dicho a la policía..., a nadie, pero el asco y el desprecio que siento por ti es tan grande que no cabe en esta casa.

Sandoval palideció y volvió a sentarse en el sillón con el rostro demudado.

—Hija...

—¡Espera! Todavía no te he dicho lo más importante. Si no les dices a esos policías asquerosos que dejen tranquilo a Tomás, llamo ahora mismo al comisario Medina. Tienes medio minuto para decidirte.

—Si llamas a Medina es mi ruina —Sandoval sonrió—. Y también la tuya. Sé que te gusta vivir bien, con lujos, igual que yo. Ahora tú tienes la última palabra.

Clara levantó el teléfono.

—¿Qué decides, hija?

Clara vio a través del ventanal el coche patrulla de Chaves, que salía del aparcamiento privado del chalé. Tomás iba dentro.

37

Los golpes sonaron en la puerta de la casa secos y perentorios. Durán clasificaba los papeles que iba metiendo en el maletín y se quedó inmóvil, paralizado. El Tío Paquito salió de la cocina y caminó despacio, sin ruido, hasta situarse al lado de Durán. La voz de Tomás sonó después.

—¿Papá, papá?

Durán corrió hacia la puerta, pero el Tío Paquito se le adelantó.

—¡Ha venido, Ricardo, ha venido! ¡Te lo dije, te lo dije!

El Tío Paquito abrió la puerta. El revólver de Chaves le apuntó a la cabeza. Detrás se encontraba su sonrisa falsa y las gafas negras. Tomás pasó a continuación, seguido de Zorita y Vicente. El Tío Paquito retrocedió. Los pajarillos salieron fuera. El Tío Paquito intentó evitarlo.

—¡Mis pájaros, se van mis pájaros!

Zorita le empujó con fuerza. Cerró la puerta.

—Tranquilo, viejo, o te mato ahora mismo. ¿Vale?

Durán no se movió. Contempló a Tomás con los ojos muy abiertos. Era como si no hubiera nadie en la habitación. Tomás era su vivo retrato. Más alto que él, más delgado, pero igual que él. Una oleada de orgullo le invadió de arriba abajo.

—Hijo, has venido —le dijo a Tomás.

—Reunión familiar. Buenos días a todos. Vicente, cachea a Ricardo... Tú, viejo, quietecito —ordenó Chaves.

Durán se dejó cachear sin dejar de mirar a Tomás.

—¿Qué te han hecho, hijo?

Zorita soltó una risa cascada.

—Se ha puesto un poco chulo. Es como tú, Ricardo. Lo hemos tenido que ablandar, como a los pulpos.

—Lástima que no te ponga yo las manos encima, Zorita —dijo Durán.

Chaves abrió el maletín de Durán y sonrió. Allí estaban todos los documentos contra Sandoval.

—Basta de charletas... Te vas a venir conmigo, Ricardo. Iremos a dar un paseíto —añadió Chaves.

—¿Adónde? ¿A que me apliques la ley de fugas?

—Papá..., ¿qué quieren hacerte?

Durán se volvió. Sonrió a su hijo.

—Hace muchos años que no oigo esa palabra...

—¡Basta de tonterías, tenemos prisa!

Durán señaló el maletín.

—Chaves, tengo copias de esos papeles. Deja a mi hijo y al viejo y te diré dónde están. Y yo estoy incluido en el lote. Esto es un asunto tuyo y mío, Chaves. El chico y el viejo no tienen nada que ver. Deja que se marchen.

—Permíteme que me ría un poco, Ricardo. ¿Tú poniendo condiciones? He cambiado de idea. Voy a mataros a todos, ahora mismo y aquí.

—¡Usted está loco! —exclamó el Tío Paquito.

Chaves volvió a mostrar los dientes.

—Tenía que haberte matado antes, Ricardo.
—Deja que se marchen mi hijo y el viejo, Chaves. Te los cambio por la copia de los papeles.
—Es un farol, Ricardo. No te creo. Pero te diré cómo voy a matarte. ¿Ves esta pistola? —Chaves mostró el revólver plateado—. Pues es la tuya. ¿La reconoces? Estaba en tu casa cuando te detuve. La he conservado de recuerdo. Te diré cómo aparecerá la noticia en los periódicos. Nosotros entramos aquí para detenerte; tú, que eres un tipo peligroso y violento, como todo el mundo sabe, empiezas a disparar, y nosotros, en legítima defensa, durante el tiroteo, matamos a este chico y al viejo, que estaban contigo. Al verte perdido, con tu hijo muerto, te pegas un tiro y te suicidas. ¿No es una idea genial?
—Eso no funcionará. No se lo tragará nadie. Negociemos, Chaves. Llama a Sandoval. Tengo las copias.
—Zorita, pégales un tiro al viejo y al chico. Procura que sea a unos cinco o seis metros.
Zorita abrió los ojos. Vicente carraspeó y dijo:
—Jefe, no he oído bien. ¿Qué ha querido decir?
—A lo mejor podemos pensar en algo... Tiene los papeles. ¿Por qué no llamamos al señor Sandoval? —dijo Zorita.
—¡Callaos de una vez!
—Es que... No sé, matar a tres, jefe, no sé... —insistió Zorita.
—Dame tu pistola, Zorita.
—¿Mi pistola, jefe?
—Sí, dámela.
Zorita se la entregó. Chaves le disparó a la barriga con el revólver. Zorita abrió aún más los ojos y se desplomó. Nadie se movió.

—¿Qué dices tú, Vicente? En el tiroteo ha muerto un valiente policía. ¿Quieres ser el próximo?

—Estás loco, Chaves. Siempre lo sospeché. Eres un psicópata —dijo Durán.

Vicente sonrió de oreja a oreja.

—Yo estoy con usted, jefe.

—Lo siento, hijo. Siento que acabes así.

—¿Es una broma, verdad, papá? Dime que es una broma. Dime que no nos va a matar a todos.

—Sí, nos va a matar. Es un asesino loco... Hijo, no es el momento, pero...

—¡Ja, ja, ja!... Despedíos, venga... Un minuto.

—... ¿cómo está tu madre?

—¡Papá!

—Chaves, hazlo de una vez, pero a mí el primero.

Chaves empujó a Tomás y al Tío Paquito contra la pared del comedor. Se volvió a Vicente.

—¡Ahora! —chilló.

Sonó un disparo. Chaves dio un paso y se arrimó a la pared. Levantó el revólver plateado. Sonó otro disparo. Empezó a deslizarse hacia el suelo despacio, muy despacio, sonriendo. Luego, bajó el arma y se desplomó.

Vicente tiró su arma de reglamento al suelo.

—¡Ha sido legítima defensa, legítima defensa! —gritó—. ¡Está loco y lo he matado!

38

VARIAS horas después, los coches policiales rodeaban la casa. Los conductores de los vehículos que pasaban por la Nacional 340 asomaban la cabeza durante unos instantes. Después, seguían su camino.

—Tengo las maletas en la estación —le dijo Clara a Tomás—. Aún podemos tomar el talgo de las tres. No quiero estar en Málaga un momento más.

—Vas a tener que invitarme otra vez —contestó Tomás—. Zorita me quitó el dinero que me prestaste en tu casa.

El Tío Paquito se acercó, acompañado de Medina. Éste tenía surcos morados alrededor de los ojos, y el rostro, de color ceniza.

Medina se dirigió a Clara.

—Gracias por habernos llamado, señorita.

Clara se colgó el bolso en el hombro. No dijo nada. El Tío Paquito carraspeó y le habló a Tomás:

—Quiero pedirte un favor.

—Tío Paquito, lo que tú quieras. No sabes cómo me he acordado de ti. Pero ahora...

El Tío Paquito movió la cabeza.

—Verás... Se van a llevar a tu padre y..., bueno, podías despedirte de él. Me harás un gran favor si lo haces.

—Creo que no, Tío Paquito; me parece...

—Dile sólo adiós, por favor. Sólo eso.

Clara le empujó con suavidad.

—Anda, ve, todavía tenemos tiempo.

—Está bien —se dirigió al Tío Paquito—. Será sólo un momento. Volveré enseguida.

Tomás caminó entre los coches policiales. Había mucha gente moviéndose y hablando. Los periodistas se encontraban al otro lado de una barrera amarilla que habían colocado alrededor.

Durán se encontraba en el interior de un coche policial. Estaba esposado. Tomás se asomó a la ventanilla.

—Papá.

Durán se volvió y sonrió a su hijo.

—No te he dicho aún lo que has crecido, Tomás. Ya eres un hombre. Me alegro de haberte visto; aunque sea tan poco tiempo y en estas circustancias.

—El Tío Paquito me ha dicho que te diga adiós.

Durán sonrió.

—Jodido viejo...

—Adiós, papá.

Tomás dio media vuelta.

—¡Hijo!

Tomás se volvió.

—El Tío Paquito te ha enviado algo, un regalo. Es para ti y tu madre. Espero que os sirva de mucho.

—¿Vas a escribir un poco más esta vez? Eso sí que será un regalo, papá.

—Claro, hijo, por supuesto. Tenlo por seguro.

—Entonces puede que yo te escriba también.

Nerja (Málaga) y Madrid, verano de 1993.